# 泣いて謝られても教会には戻りません！

## 追放された元聖女候補ですが、同じく追放された『剣神』さまと意気投合したので第二の人生を始めてます

【著】ヒツキノドカ

登場人物紹介
ハルク
『剣神』と呼ばれるほどの腕前を持つ剣士だが、怪我をしたことにより、今まで貢献してきたパーティを追放された。世間知らずなセルビアにいろいろなことを教えてくれる。
セルビア
強い神の加護の力を持つ聖女候補。悪女の汚名を着せられて幼いころから育った教会を追放されたので、第二の人生をはじめる決意をする。ひょんなことからハルクに出会い、共に旅をすることに。

エドマーク
王国のギルドの支配人。
ハルクのことをすさまじく
信頼している。
国王
聖女を妃とし、クリスの父でもある。
国を治めることを
最も大切にしている。
聖女
王妃を務め、神の加護の力で
国王とともに王国を
守っている。
リリアナ
聖女候補の一人。
クリスとは親密な関係にあり、
王妃の座に最も近い
セルビアを嫌っている。
ロレンス
Sランクパーティ『金色の獅子』の
メンバーで、ハルクを「役立たず」
だと追い出した。実力は確か
だが、自分の力を
過信している。
クリス
セルビアの元婚約者で、
王国の王太子。
愛するリリアナのため、
セルビアの婚約破棄と
教会追放を独断した。

# プロローグ

「聖女候補セルビア！　お前との婚約を破棄《はき》する！」

え、なに、どういうこと？

目の前でそう言ったのは、王太子のクリス様。

誰もが認める美男子だけど、今はその整った顔に怒《いか》りの表情を浮かべている。

彼の横には、他の聖女候補たちが気遣うように立っている。数人の若い修道士たちまでいる。

そんな彼らが揃《そろ》って私を責めるような目で見ているんだけど――

うん、状況がさっぱりわからない。

「えっと、クリス様。婚約破棄《はき》とはいったい……」

「とぼけるな！　他の聖女候補たちから聞いたぞ！」

「聞いた？　何を聞いたのですか？」

「お前が聖女候補という立場を利用し、若い修道士たちを次々食い物にする悪女だとな！」

「……へっ⁉」

なんですかその誤解！　まったく心当たりがないんですが⁉

クリス様は視線を隣の修道士たちに移す。

「彼らにもきちんと裏を取った。間違いなくセルビア、貴様に純潔を捧《ささ》げたと！　そうだな！」

「「「はい！　その通りです！」」」

若い修道士たちの大合唱。

待って待って待って。本当に待って。

「ち、違います！　私はそんなことはしていません！　何かの間違いです！」

私なんて、物心つく前に聖女候補として教会に引き取られてから十六歳の現在に至るまで、ひたすら祈祷《きとう》を行《おこな》ってきただけの人間だ。

正直、その手の経験なんてまったくない。

（むしろそういうことをしているのは私じゃなくて……）

私はちらりとクリス様の横に並ぶ聖女候補たちを見た。

そう、私以外の聖女候補たちの多くは、修道士や騎士なんかと関係を持っている。

教会の規律に照らせば思いっきりアウトだけど、無理もないのかな、とも思う。

聖女候補は、この教会の中からほとんど出られないんだから。

毎日祈祷《きとう》ばかりやらされるのに飽《あ》きた聖女候補たちが、男漁《おとこあさ》りを始めるのも仕方ないというか。

（あれ、そういえばこの場にいる修道士たちって、みんな私以外の聖女候補とそういう関係だったような……？）

なんだか嫌な予感がしてきた。

確認してみよう。

「クリス様。私のその噂《うわさ》って、誰から聞いたとおっしゃいました？」

「お前以外の聖女候補全員だ！」

「……全員？　他の聖女候補たちが、一人残らずそう言ったんですか？」

「ああ。その通りだ！」

ほほう。私以外の聖女候補が揃《そろ》ってですか。

クリス様から視線を動かすと、聖女候補たちが一様《いちよう》にいやらしい笑みを浮かべている。

まるで罠《わな》にかかった獲物《えもの》を見るように。

ああ、なるほど。そういうことか。

彼女たちは結託して私を嵌《は》めたのだ。

（……そうまでして聖女になりたいんですか、あの人たちは）

この世界には、まれに全能神ラスティアの加護を受けた特別な子供が生まれる。癒《いや》しと浄化の力を持つその子供は必ず女子であり、数はとても少ない。

それが聖女候補――私たちのことだ。

聖女候補は世界中から捜し出されて、この国の王都にある教会に集められる。

そして資質を測られ、聖女候補の中でもっとも力の強い者が聖女に選ばれるのだ。

聖女はさらに特別な存在だ。何しろこの国では、聖女となった者はその力で王とともに国を支えるべく、王妃という立場までも与えられるのだから。

聖女に選ばれた者が、王妃の座を手に入れる。

それが数百年続くこの国のならわしである。

見事聖女に選ばれれば、王族に名を連ねて贅沢三昧《ぜいたくざんまい》な日々が待っている。多くの聖女候補たちはそれを目的に教会へとやってきている。

……そして、私が今こうして追い込まれている原因もそれだ。

私は聖女候補の中でも特に強い力を持っているため、数か月前に迎えた十六歳の誕生日に、王太子であるクリス様と暫定的《ざんていてき》な婚約を結んだ。

今後、他の聖女候補が私より強い力を使えるようにならなければ、クリス様が王位につくと同時に、聖女となり王妃となる予定だった。

そんな私は、彼女たちにとって目の上のたんこぶ以外の何物でもない。

私を排除するために、他の聖女候補が結託して私の悪評をクリス様に吹き込んだ。ことの真相はそんなところだろう。

本当にドロドロしてるなあ、この教会……

私は溜め息を吐《つ》き、クリス様たちに背を向けた。

すると、クリス様の険《けわ》しい声が後ろから聞こえてくる。

「待て、どこに行く」

「……部屋に戻って休みます」

まさかこんなことになるとは思わなかった。少し頭を整理したい。

「部屋に？　何を言ってるんだ。もうお前の部屋はここにはないぞ」

……はい？

クリス様の言葉に思わず振り向くと、彼はさも当然のように続ける。

「お前のような悪女が教会にいては品位が下がる。今すぐ荷物をまとめて出て行け！　そして二度と教会の扉をくぐるな！」

あまりのことに呆然としてしまう。

婚約破棄《はき》だけならともかく……出て行け？　教会の扉をくぐるな？

「ま、待ってください！　私がいないと祈りが足りなくなります！」

聖女や聖女候補は、この地に眠る魔神《まじん》を鎮《しず》めるために毎日祈りを捧《ささ》げている。

その祈祷《きとう》が不足すると魔神が復活し、世界を滅ぼすとされている。

けれどクリス様は私の言葉を鼻で笑った。

「はっ、聖女候補の一人がいなくなったくらいで、どうにかなるわけないだろう」

「いやその、普通はそうなんですが……」

どう説明したものかと、少し困ってしまう。

というのも、私は神様の加護が強いので、毎日他の聖女候補よりもかなり長い時間祈祷《きとう》を行《おこな》っているのだ。

それができるのは私しかいないから。

そんな私が抜けると、かなり痛手のはず。

さすがにそれは自覚してる……よね？

他の聖女候補たちは口々に言う。

「クリス様のおっしゃる通りです！」

「あのような女狐《めぎつね》がいようといまいと変わりません！」

「私たちだけで十分です！　本当に聖女にふさわしいのが誰かご覧くださいませ！」

あ、駄目だこれ。ぜんぜん今後の対策をしてないみたい。

この人たち、自分が聖女になることしか考えてない……！

「クリス様、どうかお考え直しください！　このままでは国が滅びます！」

「しつこいぞ！　お前はもう私の婚約者でも聖女候補でもないのだ！　わかったらさっさと消えろ！」

修道士たちは私の腕を掴み、有無を言わせず教会の出口に連れて行く。

そして、荷物とともに外に放り出された。

こうして私は教会を追放されたのだった。

# 第一章　元聖女候補は『剣神《けんしん》』と出会う

「考えようによっては、自由になったってことですよね」

教会を追い出されたその足で街を歩きながら、私は呟いた。

今まで十年以上も尽くしてきた教会に捨てられたのは悲しいし、他の聖女候補たちに裏切られたのも悔《くや》しい。

けれど、様々なしがらみから解放されたのも事実だ。

せっかく自由になれたんだから、色々やりたいことをやっていこう！

うん、それがいい。どうせ教会には戻れないだろうし。

……で、何をどうすればいいんだろう。

私は幼いうちに教会に預けられたので、世間のことをあんまり知らなかったりする。

「やっぱり、働くとか？」

食べ物を買うにはお金が必要だと聞いたことがある。

そして、教会を追い出された今の私は一文無《いちもんな》し。

どうにかしてお金を手に入れないと飢《う》え死《じ》にしてしまう。

とりあえず、手近なお店に入って働かせてもらえるようお願いしてみよう。

「こんにちは」

近くにあった酒場に入り、店主さんに笑顔で話しかける。

すると店主さんは眉根を寄せて私を見た。

「おいおい嬢ちゃん、まだ営業時間外だよ」

「いえ、そうではなく。私をここで働かせていただけませんか？」

私がそう言うと、店主さんは考え込むような仕草をする。

「働かせて、ねえ。嬢ちゃん、料理は得意かい？」

「うーん……やったことないですね」

聖女候補の食事は見習い修道女たちが作って持ってきてくれていた。

聖女候補の仕事はあくまで祈ることだけ。それ以外はやらなくていいし、他のことをやるくらいならもっと祈れと司教様から怒られてしまう。

「掃除や皿洗いは？」

「それもやったことはないです」

そのあたりの雑用は全部見習い修道女たちが以下略。

「……金勘定《かんじょう》はできるかね？」

「お金なら知っています！　確か銅貨と銀貨と金貨があるんですよね」

「残念だが嬢ちゃんはウチには縁《えん》がなかったようだ」

ぽい、と店主さんに外に捨てられた。

どうやら不採用だったみたいだ。

……うん。なんというか、自分でもわかっていたけど……

(私ってもしかしてぜんぜん常識がないんじゃ……!?)

思えば教会では身の回りのことは全部見習い修道女たちがやってくれた。

私が祈祷《きとう》以外にやっていたことといえば、読み書きや歴史の勉強、オルガンや歌の練習、それと王妃候補として最低限の礼儀作法を学んだくらい。

これってどんな仕事の役に立つの？

というか、使いどころは本当にあるの？

「と、とにかく仕事を探さないと、お金が……」

うーんうーんと、頭を抱《かか》えて考える。通行人の方々の視線が痛い。

この街には冒険者——魔物という人に害を与える生物を狩ったり、危険を伴《ともな》う仕事を人から請《う》け負ったりして生計を立てる職業の人たちが多いということは、教会で教わっていた。

周りを見回してみると、確かにいかつい雰囲気だったり体中傷だらけだったりと、威圧感のある人が多くいる。

……ん？　傷だらけ？

(そうだ。私、回復魔術が使えるんだった)

この街は冒険者が多い。

←

冒険者は魔物と戦うから怪我《けが》が多い。

←

回復魔術をかけてもらいたい人がたくさんいる！

いける。回復魔術を売ればきっとお金が稼《かせ》げる！

私はあちこち見て、怪我《けが》をしている人を捜す。

すると、さっそく見つかった。

「はぁ……まさかパーティを追放されるとは……。王国最強と言われた剣士も、怪我《けが》ひとつでこのザマか……」

そう呟きながら歩いているのは、立派な装飾のついた剣を腰に差した男性だ。

年は二十歳くらいだろうか？　背が高く、すらっとした体形で、顔はすごく整っている。

男性にしては長めの珍しい銀色の髪を、首の後ろでくくっている。

なんだかとても目立つ人だ。……というのはいいとして。

その男性には、肘《ひじ》のあたりに擦《す》りむいたような傷があった。

ちょうどいい。あの傷を治してお金をもらえるよう交渉してみよう。

私は剣を持ったその男性に駆け寄り、声をかける。

「こんにちは。回復魔術はいかがですか？」

剣士の男性は、急に現れた私に驚いた顔をする。

「回復魔術……？　きみが？」

「はい」

私が頷くと、男性はすぐに苦笑した。

「はは、冗談はよしてくれ。回復魔術なんて使える人間はそうそういない」

「そうなんですか？」

「そうだよ。でなければ、冒険者がポーションなんて値段のわりに効果の薄い薬品を買い求めたりしないだろう？」

そう言われても、いまいちピンとこない。

聖女候補に選ばれる人間は全員回復魔術が使える。特に修業なんかをしたわけでもないけど、気付いた頃には使えるようになっているのだ。

回復魔術なんて、そんなに希少なものじゃないと思っていたんだけど。

私が不思議に思っていると、男性は俯《うつむ》く。

「……そうだ。回復魔術なんて使えたら、僕の怪我《けが》も今ごろは……」

「？　すみません、何かおっしゃいましたか？」

「あ、いや、なんでもないよ。ははは」

取《と》り繕《つくろ》うように笑う、剣士の男性。

気になるけど……今はそれより、嘘を言っていないことを証明するのが先決だ。

「それじゃあ、今からその肘《ひじ》の傷を治しますから、それができたら信用してもらえますか？」

「まあ、目の前で使われたらさすがに疑えないけど……」

「……それで、あの、もしきちんとできたら、少しでいいのでお金をください……」

私が言うと、剣士の男性はくすくす笑った。

うぐ、図々しいって思われたかもしれない。でもお金が欲しいのは本当だし……

私が動揺していると、男性は穏やかに口を開く。

「そうだね。回復魔術でこの傷を治してくれたら、きちんとお金は払わせてもらう」

「ほ、本当ですか⁉」

「ああ」

よかった。断られたらどうしようかと思った。

「それじゃあさっそく……【ヒール】」

私は剣士の男性に対して回復魔術を発動させた。

私の手から淡い緑色の光が発生し、肘《ひじ》の傷を覆《おお》う。

そして、一秒もかからず治療完了。

「はい、できました」

「……驚いた。本当に回復魔術を使えるんだな」

剣士の男性はすっかり塞《ふさ》がった肘《ひじ》の傷を眺めて感心したように言う。

褒《ほ》められて、少し誇《ほこ》らしい気持ちになった。

このセルビア、元聖女候補なだけあって回復魔術は得意だったりするのです。

男性はにっこり笑う。

「約束だから代金を払うよ」

「ありがとうございます！」

やった！　これで今日のご飯を買える！

「……」

私が喜んでいると、剣士の男性は何か考えるようにこちらを見ている。

それからおもむろに自分の服に手をかけて――

「すまない、これを見てもらえないか」

「うえっ？」

え？　なんで？　どうしてこの人は急に自分のシャツをまくり上げてるの？

見慣れない男性の上半身をいきなり露《あら》わにされて、私は固まってしまう。

けれど、すぐに私は男性の胸から逆の脇腹にかけて深く刻まれたそれに気付いた。

「……傷、ですね」

「うん。僕は以前、魔物との戦いで魔力回路が傷ついてしまった。おかげで僕は力の大半を失ったんだ……」

とても深刻そうな顔で言われた。

重い話のところ申し訳ないんだけど、魔力回路ってなんだろう……？　よくわからない。

戸惑《とまど》う私に構わず、剣士の男性は続ける。

「駄目元でいい。これに回復魔術をかけてみてくれないか？　金は言い値で払う」

「は、はぁ」

何が何やらだけど、お金がもらえるなら回復魔術くらい喜んでさせてもらいます。

少し傷が深そうなので、使う魔術を変えてみようかな。ただの【ヒール】だと威力が足りないかもしれないし。

目を閉じ、集中して――

「【聖位回復《セイクリッドヒール》】」

私が詠唱《えいしょう》した途端、さっきよりもはるかに強い光が剣士の男性の体全体を包む。

光の粒子《りゅうし》は深部まで潜《もぐ》り込んでいき、全身の傷を癒《いや》していく。

よし、治療完了。

これで治ったはずだけど……どうかな？

「「「……!?」」」

あれ？　剣士の男性が目を見開いてる。

というか、通行人にまで注目されているような……

私はおそるおそる、男性に声をかける。

「えっと、これで治ったと思います」

「な、治った……!?　本当に治ったのか!?」

「そのはずですよ」

見たところ、剣士の男性の傷は完全に塞《ふさ》がっている。

男性は驚きを隠しきれないというように、じっくり傷のあった場所を見つめている。

「最上級のポーションをどんなに飲んでも治らなかったのに……」

「ぽーしょんが何かはわかりませんが、せっかくなら体を動かして試してみるのはどうでしょう？」

「あ、ああ。そうだな。そうしてみよう」

私の提案に頷くと、剣士の男性はその場でぐぐっ、と両足を曲げた。

そして次の瞬間、あり得ない勢いで真上にすっ飛んでいった。

「えっ……!?」

すごい跳んでる！　剣士の男性が飛び上がった高さは、私を縦に十人並べても届かないほどだろう。

こんなことって人間ができるものなの!?

数秒後、すたっと華麗に着地する剣士の男性。

着地の衝撃にもまったく動じていない。

私が同じことをやったら……いや、とても無理だ。考えただけで怖い。

一方剣士の男性のほうも、信じられないというように自分の手を開いたり閉じたりしている。

「本当に戻っている……きみはいったい何者なんだ!?」

「それはこっちの台詞《せりふ》です！」

あんな身体能力の人に比べたら、私なんて普通の人みたいなものだと思う。

「とにかくありがとう！　きみのおかげで僕はまだ冒険者としてやっていけそうだ！」

「わわわわわ」

勢いよく手を握られ、ぶんぶん振られる。ち、力が強い。

「約束通り、金は言い値で……いやいっそ全財産を譲渡しよう」

「い、いやそんな大げさな。パンを買うお金くらいで十分です」

「それはさすがに謙虚《けんきょ》すぎるぞ!?」

男性は目を見開いてるけど、そんなこと言われても、ただ回復魔術を使っただけだし……

そのとき、ぐう、と私のお腹が鳴った。

「……すみません……朝から何も食べていなかったので……」

どうしよう。すごく恥ずかしい。

「あはははは」

「わ、笑わないでください」

「いや、悪気はないんだ。さっきのすごい回復魔術との落差に驚いただけで。……どうだろう、お礼も兼ねて一緒に食事でも」

食事と言われても、私いま無一文《むいちもん》なんですが。

「すみません。お誘いは嬉しいんですが、遠慮させていただこうかと――」

「もちろん全部奢《おご》らせてもらうよ」

「行きます！」

思わず即答すると、剣士の男性は再びくすくす笑った。

あれ？　私、また恥をさらしてない？

顔を熱くする私に、男性は優しく微笑みかけてくる。

「そう言ってもらえてよかった。それじゃあ行こうか。いい店を知ってるんだ」

「ありがとうございます……」

そんなわけで私は剣士の男性に連れられて街中《まちなか》を移動するのだった。

剣士の男性に連れて来てもらったのは、おしゃれで清潔感のある隠れ家のようなお店だった。席まで案内してくれた店長さんと顔なじみのようだったし、よく来ているのかもしれない。個室に入って剣士の男性があれこれと店員に注文する。

それが済むと、彼は私に向き直った。

「改めて名乗るよ。僕はハルク。冒険者をやってる」

「ハルクさん、ですか。私はセルビアです。仕事は……回復魔術屋、でしょうか」

始めたばっかりだけど、一応そう言っておく。

すると、ハルクさんはなんだか困ったように笑った。

「その言い方だと、やっぱり知らないのかな」

「？　何がですか？」

「回復魔術が、途轍《とてつ》もなく希少な魔術だってこと。……それこそ、聖女候補くらいじゃないと簡単には使えないほどにはね」

「え」

希少？　回復魔術が？　……そうなの？

「で、でも、聖女候補じゃなくたって、使える人も少しはいますよね？」

「まあ、何十年も魔術と薬学を研究すれば可能だろうけど……」

「ほ、ほら！」

「けど、相当頑張っても【上位回復《アークヒール》】より効果の高い魔術を使うのは難しいだろうね。何より、【聖位回復《セイクリッドヒール》】は聖女の素質《そしつ》がある者にしか使えないはずだよ」

……

知らなかった。だって昔から普通に使えたし、物心ついてからはずっと他の聖女候補たちと一緒に暮らしていたし……

「セルビア。一応確認するけど――」

「はい、元聖女候補です……」

なんだかもうバレてるみたいなので、白状した。

ハルクさんは苦笑する。

「やっぱりか。どうして教会にしかいないはずの聖女候補が、回復魔術屋なんてやってるんだい？」

「実は……」

私はハルクさんに事情を話した。

他の聖女候補に嵌《は》められたこと。

十年以上も尽くした教会にあっさり捨てられたこと。

一文無《いちもんな》しなので、唯一お金になりそうな回復魔術を売ろうとしていたこと。

「私は本当に何もしてないんです。それなのに、こんなにあっさり捨てられるなんて……」

私が言うと、ハルクさんはなぜか力強く頷いた。

「わかる……わかるなあ……！」

え？　何がですか？

ハルクさんは虚《うつ》ろな目で言う。

「実はね、セルビア。僕もついさっきSランクパーティを追放されたところなんだ」

「……」

「『怪我人《けがにん》の剣士なんてもういらない』って。ずっとパーティに貢献《こうけん》してきたのにね……」

……なんだかすごく親近感の湧《わ》く話だ！

「そ、それは詳しくお聞きしても……？」

私が身を乗り出すと、ハルクさんは「もちろん」と頷く。

「僕はこれでも『剣神』なんて呼ばれたSランク冒険者なんだ。けど、少し前に魔物との戦いで魔力回路を損傷してしまったせいで、以前ほどパーティの役に立てなくなった」

話の腰を折るようで申し訳ないけど、私は手を挙げて尋ねる。

「あの、すみません。その魔力回路、ってなんですか？　さっきから気になっていて」

「ああ、体の中にある魔力の通り道のことだよ。誰しも持っているけど、これが傷つくと魔術や身体強化が使えなくなる」

「身体強化というのは」

「魔力を使って肉体を強化すること。ほら、さっき治療してもらったあと、僕が跳び上がったときに使ってたあれだよ」

「ほぁー……」

なるほど。私は魔術しか使ったことがなかったけど、魔力にはそんな使い道があったのか。

どうりでさっきのハルクさんのジャンプがすごかったわけだ。

「剣士の僕は、身体強化がないと途轍《とてつ》もなく弱くなる。その分は経験と技術でどうにか補《おぎな》っていたけど……パーティメンバーたちはそんな僕に苛立《いらだ》っているようだった。それで今日、とうとう僕はパーティを追い出されたというわけ」

「そうだったんですね……」

冒険者は魔物と戦う機会が多い職業だと聞くから、確かに怪我《けが》をしたままで続けるのは難しいだろう。

……あれ？

「でも、怪我《けが》が治ったならまたパーティに戻れるんじゃないですか？」

ハルクさんが弱くなる原因になった魔力回路の傷は、もう治してある。身体強化も使えていたし、剣を使うにも支障はないはずだ。

なのに、ハルクさんは首を横に振った。

「残念ながらそうでもないんだ」

「え？」

「僕はもともとあのパーティでは嫌われてたからね。一度パーティを抜けた以上、彼らは僕が戻ってくることを全力で拒絶するはずだ」

復帰するのを全力で拒絶って……いったいどんな関係なんだろう。

ハルクさんって、あんまり人に嫌われるタイプには見えないんだけど。

そのあたりのことを聞こうとしたところで――

「お待たせしました。ご注文の品です」

店員さんがお盆に皿をいくつものせてやってきた。

湯気の立っているスープ、パン、肉料理がテーブルに並べられていく。

お、お肉だ……！　教会では滅多に食べられなかった旨味《うまみ》の塊《かたまり》がこんなにたくさん……！

「そんなに嬉しそうにしてもらえると、こっちも嬉しいよ」

「か、顔に出てましたか」

「セルビアはわかりやすいね」

ハルクさんが口元に手を当てて小さく笑う。

仮にも淑女教育を受けた元聖女候補の私より、この人のほうが上品な気がしてならない。

そんなハルクさんは再びメニューを眺め始めた。

「お酒もあるけど、セルビアはどうする？」

「い、いえ、お酒はさすがに――」

「飲むと嫌なこと忘れられるよ」

あ、ハルクさんが虚《うつ》ろな目をしてる。

「……飲みます」

私だって今日はさんざんだったのだ。

教会ではご法度だったけど、私だって一応成人している。

せっかくだから飲んでみるとしよう。

「じゃあ、乾杯《かんぱい》」

「乾杯《かんぱい》です」

私とハルクさんは、店員さんに渡された果実酒入りの木製ジョッキを小さな音を立てて合わせ――

三十分後。

「だから本当酷《ひど》いんだって！　『金色《こんじき》の獅子《しし》』なんて格好いいパーティ名つけてるけど、あいつらみんなワガママばっかりで！　ギルドに教育係やれって言われたけどもうやってらんなくて！」

「わかりますわかります！　私のところだって酷《ひど》いですよ、毎日頑張ってしんどいお祈りを続けてたのに、こんなにあっさり捨てられるなんて思ってもみませんでした！」

「ああ、お互い酷《ひど》いことがあったねセルビア！　飲んで忘れよう！」

「もちろんですハルクさん！」

テーブルを挟《はさ》んで私とハルクさんは愚痴《ぐち》をぶちまけまくっていた。

これがもう、盛り上がる盛り上がる。

ああ、つらい気持ちを分かち合える相手がいるって素晴らしい。

「こんなに話が弾《はず》んだのは久しぶりだよ」

「私もです」

しみじみ言われて、思わず同意した。

ハルクさんは、そんな私に尋ねる。

「セルビアは、これからどうするか決めてるのかい？」

「うーん……回復魔術を売って、どうにか生きていければいいなあ、という感じですね」

正直、自分でもどうしたらいいのかよくわからない。

けれど教会を追い出された以上は自分の力で頑張るしかない。

私がそう考えていると、ハルクさんは意を決したように言った。

「それなら——僕と一緒に旅でもしない？」

「旅、ですか？」

「うん。いろんな場所に行って、美味《おい》しいものを食べたり、観光名所を見物したり」

な、なんて心惹《こころひ》かれる提案だろう。

長らく教会に閉じ込められていた私にとって、旅なんて憧《あこが》れそのものだ。

「私は嬉しいですけど……いいんですか？　私、かなり世間知らずですよ？」

「僕がフォローするから大丈夫。それに追放された者同士、きっとうまくやれると思うんだ」

まっすぐ目を見てくるハルクさんに言われ、私は思わず頷いていた。

「はい。よろしくお願いします！」

私の答えを聞いて、ハルクさんは嬉しそうに微笑んでくれる。

「よかった。さっそく、旅をする具体的な方法なんだけど……」

「はい」

テーブルを挟《はさ》んだまま、ハルクさんと今後の予定について話し合う。

「まず旅をすると、移動費やら滞在費やらお金がかかる。外国に行くときは身分証明のためにややこしい手続きもやらなくちゃいけない」

「なんだか大変そうですね……」

ただ歩いていろんな街を巡るだけかと思ったら、旅っていうのはそんなに簡単じゃないみたいだ。

「そこで提案なんだけど、セルビアも冒険者にならない？」

「私が冒険者に、ですか？」

「ああ。冒険者は国に縛られない仕事だし、冒険者登録をしておけば身元も保証される。旅をするには一番都合がいいんだ」

ハルクさんはそう言うけど……私としては不安が大きい。

「……私なんかが、冒険者になれるんでしょうか」

魔物と戦うなんて、とてもできる気がしない。

すると、ハルクさんはあっけらかんと声を立てて笑う。

「あはは、心配いらないよ。戦うのは全部僕がやるから」

「そ、それはさすがに申し訳なさすぎますよ！　私もちゃんと戦います！」

「気持ちは嬉しいけど、そのあたりは本当に大丈夫だよ。これでも僕、戦うのは得意なんだ」

にっこり笑ってそう言い切られてしまうと、私は何も言い返せない。……まあ、実際に私に戦いができるかっていうと、きっとなんの役にも立てないだろうし。

「じゃあ、せめて回復魔術を頑張ります」

「うん、助かるよ」

というわけで、今後の予定が決定。

どうやら私は冒険者になるようです。

不安ではあるけど……ハルクさんはすごく頼りになりそうだし、大丈夫かな？

「けど、冒険者ってどうやってなったらいいんですか？」

「ギルドに行って登録するだけだよ。お金もいらない。ただしちょっとしたテストがある」

「テスト、ですか」

なんだか不穏《ふおん》な響きだ。

「うん。まあ、そのあたりは明日話すよ。随分《ずいぶん》飲んだし、今日はもう休もうか」

ハルクさんはそう言い、店員さんを呼んで会計を済ませてしまう。

「……すみません。お金もないのに好きに食べてしまって……」

いくらテンションが上がっていたからって、さすがにちょっと食べ過ぎてしまった。

なんだか自分がすごく図々しい人間に思えてくる。少しは遠慮しますよね、普通。

けれどハルクさんは爽《さわ》やかに笑う。

「はは、きみの回復魔術のおかげで、絶対治らないと思ってた怪我《けが》が治ったんだ。この程度じゃ全然足りないくらいだよ」

「うー……そう言ってもらえると助かります」

私は恐縮しつつ、ハルクさんと一緒に店を出る。

酔いが回ってふらふらだった私は、ハルクさんに手を引かれて宿屋まで連れて来てもらった。

「それじゃあ、お休み。僕は隣の部屋にいるから何かあったら呼んでね」

「はいぃ……」

私はへろへろの声でそう返事をする。

酔っ払って集中できないので、回復魔術で酔《よ》い醒《さ》ましをすることもできない。

ハルクさんは苦笑して、部屋を出て行った。

（……ご飯だけじゃなく、宿代まで出してもらっちゃった……それに介抱まで……）

今日はハルクさんに頼りっぱなしだ。

「なんとか役に立てるように頑張らないと」

そんなことを考えながら、私は眠りに落ちた。

# 第二章　冒険者ギルド

ハルクさんと出会った日の翌朝、私たちは街の冒険者ギルドにやってきていた。

教会ほどではないものの、かなり大きな木造の建物を見上げて、私は思わず声を漏らす。

「ここが冒険者ギルドですか」

「そうだね。見るのは初めてかい？」

「はい」

ハルクさんに連れられてスイングドアをくぐると、中ではがやがやと喧噪《けんそう》が広がっていた。

「はー……なんだか賑《にぎ》やかですね」

「ギルドの支援なしには冒険者は成り立たないからね。依頼の斡旋《あっせん》とか、素材の買い取りとか、冒険者の用件はとりあえずここで片付くって覚えておくといいよ」

なるほど、詳しいことはまだよくわからないけど、困ったらとりあえずギルドに頼ればいいと。

「冒険者登録は、あっちの窓口で――」

すると、ハルクさんが受付窓口を指さしたところで、熊みたいな大柄《おおがら》な男性がギルドの奥からずかずか歩み寄ってきた。

刈り込んだ短髪や頬の大きな傷が、只者《ただもの》じゃない感をこれでもかというほど伝えてくる。

ハルクさんの知り合いだろうか？

というか、あの、ちょっと怖いんですが。

この方、なんだか怒ってませんか？

「ハルク殿。お待ちしておりましたぞ」

短髪の男性は、ハルクさんの前までやってくると――いきなり勢いよく平伏した。

「このたびは、『金色の獅子』の馬鹿どもがすみませんでしたァァァァァァァァ！」

「ぴっ」

み、耳が痛い！

「あ、頭を上げてください、ギルマス。いち冒険者に過ぎない僕相手にそんなことをしては、まずいでしょう」

「それはできません！　『金色の獅子』の連中からすべて事情を聞きました。ハルク殿が怪我《けが》をしたとはいえ、パーティから追い出すなど……！　何度頭を下げても足りませぬ！」

ハルクさんが恐縮しているけれど、短髪の男性は頑《かたく》なに平伏したまま姿勢を崩さない。

私は突然のことに戸惑《とまど》いながら、ハルクさんに尋ねる。

「あの、ハルクさん。こちらはお知り合いの方ですか……？」

「あー。うん。この人はエドマークさんといって、冒険者ギルドの支部長《マスター》なんだ。簡単に言えば、この国のギルドで一番偉い人だよ」

教会でいう教皇様のような地位の人、ということだろうか。

「そんなすごい方が、なぜこんなことを……？」

「話せば長くなるんだけど……僕がパーティを追い出されたって話はしたよね？」

「は、はい」

ハルクさんが言っているのは、怪我《けが》が原因でパーティにいられなくなった、という経緯のことだろう。

私が頷いたのを見て、ハルクさんは話を続けた。

「実は、そのパーティに入ったもともとの理由が、ギルマスに頼まれたからだったんだ。将来有望なパーティがあるから面倒見てくれって。それで僕はしばらくパーティに参加していろいろ教えていたんだけど、怪我《けが》のせいで僕はパーティを追い出されることになった。だからギルマスは、僕が嫌な思いをした原因は自分にあるって考えてるんだ」

「……なるほど」

ハルクさんがパーティに参加したのは、ギルドマスターであるエドマークさんの依頼があったから。

それがなければ、ハルクさんがパーティを追い出されるなんて悲劇も起こらなかった。

そのことに責任を感じて、エドマークさんは謝罪をしているということらしい。

エドマークさんは必死にハルクさんに頭を下げ続けている。

「本来ならば『金色の獅子』の馬鹿どもには厳罰を与えねばなりません。しかし、Sランクパーティである彼らにはどうしても強く出られないのです……！　儂《わし》にできることならなんでもしますゆえ、どうかご容赦《ようしゃ》を……！」

「ギルドの事情はわかってます。心配しなくても、僕はもう気にしていませんよ」

「寛大《かんだい》なお言葉に感謝いたします、ハルク殿！」

ハルクさんの言葉に、エドマークさんは安堵《あんど》したように言った。

ふーむ……今のやり取りを聞く限り、ハルクさんを追い出したパーティもかなりの地位にあるようだ。

ギルドの長《おさ》であるエドマークさんが簡単に処分できないって、とんでもない話なのでは。

「それにしても将来有望なパーティの教育係を任されるって……ハルクさんはエドマークさんに信頼されているんですね」

組織のトップに名指しで頼まれごとをされるなんて、ただごとじゃないと思う。

私の発言に、エドマークさんが胸を張って頷いた。

「当然ですとも！　なぜならこのハルク殿は、パーティ単位ではなく個人でSランクなのですからな！」

「……えっと、それってどのくらいすごいんですか？」

私が首を傾げていると、エドマークさんは得意げに続ける。

「世界に何千人といる冒険者の中で、個人でSランクなのはハルク殿ただ一人だけです！」

「えっ」

「あはは……まあ、一応そういうことになってるね」

驚きながら隣を見ると、ハルクさんが苦笑しながら答えた。

……どうやらこの人、私の想像よりはるかにとんでもない人だったようだ。

その後、エドマークさんはしばらくハルクさんの逸話《いつわ》を語ってくれたけど、ハルクさんは居《い》た堪《たま》れなくなってきたらしくおもむろに口を開く。

「ぎ、ギルマス。僕のことはもういいでしょう。それより用件を聞いてください」

「そう、その鬼神《きじん》のごとき剣撃は海を割り山を砕《くだ》き、あらゆる魔物を瞬《またた》く間に――む、なんですかなハルク殿?」

ハルクさんはエドマークさんの話を遮《さえぎ》ると、私を手で示す。

「彼女の冒険者登録をお願いします。彼女は今日から僕とパーティを組むので」

「……なんですと?」

ハルクさんが言った瞬間、エドマークさんがぎろりと私を見た。

あれ、なんだか急に視線が鋭《するど》くなったような……

「ほう、あなたがハルク殿と……ほほう?」

「な、何が言いたいんですか?」

エドマークさんに意味深に見つめられて思わずたじろぐと、彼はビシィッ! と私に指をつきつけてきた。

「ではははっきり言いましょう。貴方《あなた》まさか、ハルク殿を誑《たぶら》かしたりしてないでしょうな?」

「してないですよ!?」

急にどんな疑いをかけてくるんですかこの人は!

「ではなぜハルク殿が貴方《あなた》のような戦闘慣れしていなそうな少女をパーティメンバーに選ぶのです!? ハルク殿は冒険者なら誰もが憧《あこが》れる『剣神』! パーティメンバーなんて選び放題だというのに! これは何かあったに違いありません!」

「いや、あの、何かあったと言えばあったんですが……」

「『何かあった』⁉　やはり貴方《あなた》はハルク殿をその幼くも儚《はかな》げな美貌《びぼう》で誘惑したと⁉」

「してませんってば！」

どうしよう。話が全然通じない。最初はすごくいい人そうな感じだったのに！

……なんて、私が困っていると。

「――ギルマス？」

ハルクさんが笑顔でエドマークさんに声をかけた。

途端にエドマークさんが固まる。

あれ、なんだろう。

ハルクさんは笑ってるのに、妙に迫力が……

エドマークさんは、ぎこちない動きでハルクさんに顔を向けた。

「は、はい……」

「セルビアは僕の恩人です。彼女にあまり失礼なことを言わないでもらえますか？」

「お、恩人ですと？　いったい何があったのです？」

エドマークさんに聞かれ、ハルクさんは昨日のできごとを説明した。

「……というわけで、彼女は回復魔術で僕の怪我《けが》を治してくれたんです」

「あ、ああ、あああ……儂《わし》はなんということを……！」

エドマークさんはがくりと膝《ひざ》をつき、私に向かって勢いよく頭を下げた。

「すみませんでしたァアアア！　知らぬこととはいえ大変な失礼を……どうか気の済むまで儂《わし》を

殴《なぐ》っていただきたい！」

「そんなことしませんよ⁉　頭を上げてください！」

私は慌《あわ》ててそう言うけど、エドマークさんは頑《かたく》なに姿勢を変えようとしない。

私は戸惑《とまど》いつつ、エドマークさんに聞こえないよう小声でハルクさんに尋ねる。

「ハルクさん、この人は本当になんなんですか……？」

「……何年か前に、まだ現役冒険者だったギルマスを僕が助けたことがあってね。それ以来ずっとこんな感じだよ……」

「……なんだか納得しました」

ハルクさんも私と同じように小声で答えながら、遠い目をしていた。

私の中でエドマークさんへの印象は、すでに『ハルクさん信者』に固定されつつある。

ハルクさんは苦笑いしながらエドマークさんに声をかけた。

「それでギルマス、セルビアの冒険者登録の話ですが」

「そ、そうでしたな。それでは登録テストを行《おこな》うとしましょう」

ようやくエドマークさんは立ち上がると、私たちを先導して、カウンターの椅子に座らせる。

その後「準備してきますので少々お待ちを」と建物の奥に消えていった。

待ち時間を使って、私はハルクさんに今更な質問をする。

「ところで、このテストってどんなものなんですか？」

「簡単に言うと、冒険者のランクを決めるためのものだね。与えられたランクによって、ギルドの待遇や受けられる依頼の内容が変わってくる」

ハルクさんの説明によれば、ランクはSが最高位でA、B、C、D、E、Fの順に下がっていく。基本的にはFランクからスタートする冒険者が多いらしい。

「……ちなみに、テストの内容というのは？」

「それは個人の得意分野によって変わるから、なんとも言えないなあ」

私が聞くと、ハルクさんは考え込むように腕を組んだ。

「僕みたいな剣士だったら模擬戦《もぎせん》だし、攻撃魔術が得意なら的当てなんだけど……もしセルビアの試験が回復魔術になるとしたら、その場合はどうなるかわからない。何せ見たことないからね」

「そうですか……」

先にテストの内容を聞いて心の準備をしておきたかったけど、ハルクさんも知らないらしい。

うう、胃が痛い。

「お待たせしました。試験内容はこれです」

すると、エドマークさんが受付窓口の奥から何かを取ってきた。

これは……植物の種？

ハルクさんがそれを見て、エドマークさんに尋ねる。

「見たところ魔力植物の種ですね。これをどうするんですか、ギルマス」

「このマキアの種に回復魔術をかけ、発芽させるのです」

どうやらこの種はマキアという植物のもののようだ。……というのはいいとして。

「あの、エドマークさん。魔力植物ってなんですか？　普通の植物とは違うんでしょうか」

「魔力を発生させる植物、と説明するのが手っ取り早いですな。大気中に満ちた魔力を我々は吸収し、魔力回路を通して利用しているわけですが、生物が放出した魔力はそのまま再び使うことができません。そのような『死んだ魔力』を『生きた魔力』に変換し、大気中に戻しているのが魔力植物です」

「はぁー……そんなものがあるんですね」

思えば魔力なんてなんの気なしに使っていたけど、その大本《おおもと》なんて考えたこともなかった。そんな仕組みになっているんですね。

ちなみに説明をしてくれている間、エドマークさんは生暖《なまあたた》かい目で私を見ていた。心なしか物知らずな子供に対する眼差《まなざ》しに見えなくもない。

話を戻すようにハルクさんがエドマークさんに尋ねる。

「それでギルマス、発芽とは？」

「はい。回復魔術は生命力を与えるもの。普通の動植物に使っても治療以外の効果はありませんが、マキアのような魔力植物にかければ別です。魔力植物は魔力を取り込んで育つため、回復魔術によって成長を促《うなが》すことができるのです。今からセルビア殿にはこのマキアの種に回復魔術をかけてもらい、その成長度合いに応じてランクを決定いたします」

ハルクさんの質問に資料を見ながら応じるエドマークさん。どうやら支部長であるエドマークさんも回復魔術使いのテストは初めてらしい。

私はエドマークさんに確認するように尋ねた。

「えっと、この種に回復魔術をかければいいんですよね？」

「その通りです、セルビア殿。しかし生半可《なまはんか》な回復魔術ではいけませんぞ。何しろこのマキアという植物は、本来の成長速度が相当に遅いですからな。思いっきりやってください」

「思いっきりですか。わかりました」

エドマークさんの言葉に頷く。ここまで言うからには、マキアの種を成長させるには相当多くの魔力が要求されるんだろう。これは気合いを入れなくては。

「あ、セルビアちょっと」

「はい？」

さあやるぞと意気込んでいたら、ハルクさんに手招きされた。なんだろう。

「……セルビア。一応言っておくけど、昨日僕に使った【聖位回復《セイクリッドヒール》】は禁止だ。元聖女候補だってバレてしまうからね」

「……なるほど」

ハルクさんの耳打ちに頷いておく。

私が元聖女候補だとバレたら色々と面倒なことになる。ここはハルクさんの言う通りにしておこう。

さて、じゃあどうしようか。

【聖位回復《セイクリッドヒール》】が使えないなら……

私が考え込んでいる横で、エドマークさんがハルクさんに話しかける。

「それにしても、ハルク殿。セルビア殿が回復魔術師というのは本当なのですか？」

「本当ですよ。信じられませんか？」

「ハルク殿の言うことでも、これればかりは簡単に頷けませんなあ……。儂《わし》も多くの冒険者を見てきましたが、回復魔術を使える者など今まで一人も――」

よし、それじゃあこれでいこうかな。

二人の会話を聞き流しつつ、私は口を開く。

「【最上位回復《イクスヒール》】」

――その瞬間、どがん、という轟音《ごうおん》が頭上から聞こえた。

天井《てんじょう》が崩れた音だ。

より正確には――私が回復魔術をかけたマキアの種が一瞬で成長し、大木《たいぼく》となってギルドの天《てん》井《じょう》を貫通した音だった。

「……は？」

「「……なんじゃこりゃあ――――――っ!?」」

エドマークさんはぽかんと口を開け、ギルド中から冒険者たちの絶叫が響いた。

……あれ？　やりすぎた？

まさかいきなり、種が樹齢何百年みたいな木になるなんて思わなかった。マキアの種は成長しづらいという話はいったいなんだったんだろう。

というかこれ、壊した天井《てんじょう》を弁償《べんしょう》しないといけないのでは……？

「ほら、だから言ったじゃないですか、ギルマス」

ハルクさんが笑いをこらえるような顔でそう言った。

一方のエドマークさんは顔を青くして、再び平伏してしまう。

「疑って申し訳ありませんでしたァァァ！」

「わかりましたから頭を上げてくださいエドマークさん！」

どうしてこの人はすぐに過激な謝罪をするんですか！

「まさか本当に回復魔術が使えるとは！　しかもここまで強力なものを……！　ああ、儂《わし》の目が曇《くも》っておりました！　どうか許していただきたい！」

「本当に気にしていませんから。信じていただけたならそれで十分です。……それより、すみません。天井《てんじょう》を壊してしまって」

ギルドの天井《てんじょう》は、私が成長させたマキアの木によって支えられているものの、一部はすでに崩落寸前だ。今もギルド職員の方たちが慌《あわ》ただしく駆け回って対処してくれている。

正直、かなり申し訳ない気持ちだ。

「何年かかるかわかりませんが、必ず弁償《べんしょう》します」

「とんでもない、弁償《べんしょう》など結構です！　不当に疑ってしまったうえに、さらに修繕費《しゅうぜんひ》の請求などしては、ギルドマスターの名が泣きます」

「でも……」

私が納得できないでいると、エドマークさんはこう補足した。

「それに、ギルドが壊れることはよくあるのです。冒険者は喧嘩《けんか》っ早《ぱや》い者が多いですからな」

「そうなんですか？」

「そうですとも。まして今回はテスト中の事故。セルビア殿が弁償《べんしょう》する理由などありません」

ちらりと横目で見ると、ハルクさんもうんうん頷いている。

どうやら本当にギルドの建物が壊れるのは珍しいことじゃないようだ。冒険者ってつくづく聖女候補や修道士とは常識が違うなあ……。

「さて、ギルマス。ともかくセルビアは合格ということでいいですよね？」

ハルクさんの言葉に、エドマークさんが大きく頷く。

「もちろんですとも！　ギルドマスターとして、セルビア殿の冒険者登録を歓迎いたします！」

「あ、ありがとうございます」

よかった。色々あったけど無事に私も冒険者になれたみたいだ。

まったく、エドマークさんに疑われたときにはどうなることかと――

「――Aランク冒険者として」

「へ？」

今何かエドマークさんから予想外の言葉が聞こえた気がする。

「え、Aランクって下から何番目ですか」

「上から二番目ですな」

「嘘ですよね⁉　なんでそんなことになってるんですか⁉」

種はちゃんと成長させられたとはいえ、せいぜいEランクかDランクからのスタートだと思ってたのに！

驚く私に、エドマークさんは咳払《せきばら》いをしてから説明してくれる。

「もちろんこれには理由があります。まず、回復魔術の希少性。回復魔術師というのは長いギルドの歴史でも数人しか現れていません。さらにセルビア殿以前にギルドに在籍していた回復魔術使いは皆、【ヒール】以外使えなかったのです」

「ひ、【ヒール】以外使えない……⁉」

【ヒール】といえば、回復魔術の中で一番効き目の弱いものだ。

私は物心つく前からすでに使えていた。

他の聖女候補たちだって、指のささくれや肌荒れを治すのにしょっちゅう使っているくらいのものなのに。

「先ほどのマキアの種の発芽のテストでたとえるとわかりやすいですな。セルビア殿以前の最高記録は、小さな苗木《なえぎ》程度です。対してセルビア殿は……」

「……木、ですもんね」

私がテストで発芽させたマキアの木は、おそらくてっぺんまで私の背丈《せたけ》の十倍以上あるだろう。

エドマークさんは、真剣な目で私を見た。

「よって、セルビア殿はAランクで間違いありません。何しろセルビア殿は、ギルド発足《ほっそく》以来最高の回復魔術師なのですからな」

「ひ、ひえぇ……」

どうりでハルクさんやエドマークさんが、回復魔術が使えることを簡単に信じてくれなかったわけだ。

回復魔術使いが珍しいとは聞いていたけど、そこまで希少だとは想像していなかった。

『A』と彫《ほ》られた冒険者証を受け取りつつ、隣のハルクさんに尋ねてみる。

「……ハルクさんはこうなることを予想してたんですか？」

「そうだね。不治と言われた僕の傷を治したくらいだから、妥当《だとう》な評価だと思うよ。正直僕はSランクでもいいと思うんだけど……」

ハルクさんの言葉に、エドマークさんは難しい顔をする。

「儂《わし》個人としてはそうしたいくらいなのですが……規則により、最初からSランクとして登録することはできないのです」

「そうですか。それなら仕方ないですね」

「ええ、残念です」

二人して頷き合っている。

私を置き去りにして話を進めないでください。当人はスケールの大きさに全然ついていけてません。

ハルクさんは話題を戻すように、私に言う。

「ともかく、Aランクなら最高の結果だよ。大抵《たいてい》の国にフリーパスで入れるようになるし」

「そうなんですか」

「ああ。旅をするのに不便はないだろうね」

それなら、ここに来た目的はばっちり達成できたことになる。

予想外の結果ではあったけど、無事に済んでよかった。

エドマークさんからの疑いもすっかり晴れたことだし。

「セルビア殿。こちらで少し説明をさせていただけますかな」

「あ、はーい」

受付窓口の奥からエドマークさんに呼ばれたので、私は小走りでそっちに向かう。

冒険者の説明。旅のためとはいえ私も冒険者になったわけだし、しっかりと覚えて――

「おいおい、なんだよこのバカでけえ木！　誰の仕業《しわざ》だぁ？」

突然、ギルドの入り口のほうから大きな声が聞こえた。

そこには派手な金色の髪をした青年をはじめ、きらびやかな装備に身を固めた四人組がいた。

「……『金色の獅子』」

ハルクさんが呟く。

『金色の獅子』って……確かハルクさんを追い出したっていうSランクパーティ？

「おっ、ハルクじゃねえか。はは、まだ冒険者やってんのかよ」

金髪の青年はハルクさんを見ると嫌らしい笑みを浮かべ、他の三人を連れてこっちにやってきた。

……どうしよう。

全然仲良くなれそうな気がしないんですが。

「こんなとこに何しに来たんだよハルク。怪我《けが》で身体強化も使えなくなったお前じゃ受けられる仕事なんてねえんじゃねえの？」

あからさまに馬鹿にするような口調で言ってくる金髪の青年。

年齢は十代後半くらいで、腰には装飾の多い剣を差している。

整った顔立ちをしているけど、喋《しゃべ》り方や表情からは気性《きしょう》の激しさが伝わってくる。

ハルクさんが何か言おうとする前に、横から鋭《するど》い声が飛んできた。

「ロレンス！　貴様、ハルク殿になんという口の利《き》き方だ！」

「ああ？　何か文句あんのかよ、エドマーク」

ギルドの長《おさ》であるエドマークさんを呼び捨てって……

ハルクさんでもエドマークさんには敬語を使っていたのに。

「文句だと？　あるに決まっているだろう！　今この場でハルク殿をパーティから追放したことを謝罪しろ、ロレンス！」

エドマークさんの言葉に、金髪の青年改めロレンスは肩をすくめた。

「なんで俺たちが謝るんだ？　身体強化も使えない剣士なんて、Sランクパーティに置いとく価値ねえだろ。追い出して当然だ」

ロレンスだけじゃなく、彼らの後ろにいる仲間たちも嫌らしい笑みを浮かべている。

エドマークさんは憎々《にくにく》しげに、ロレンスたちを見据《みす》えた。

「貴様ァ……」

「それよりわかってんのか？　今自分が何をしてんのか」

ロレンスはエドマークさんを小馬鹿にするように見やる。

「Sランクパーティは少ない。俺たちが常駐してやってるからこそ、この国は盗賊や魔物の被害が少なくて済んでる。そんな俺たちに上からモノ言うってことの意味、わかってんのかよ」

「——！」

言葉を失うほど激昂《げっこう》するエドマークさんをせせら笑いながら、ロレンスは言葉を続ける。

「でかい盗賊団をいくつも潰《つぶ》してやった。山ほど人間を食った竜を討伐《とうばつ》してやった。俺たちがいなくなれば、またそういうやつらが湧《わ》くだろうな。……いいのかよ、エドマーク。俺たちが機嫌損《そこ》ねてよその国に拠点を移したら、一般市民どもの被害はバカにならねえくらい増えるぜ？」

「ぐぅうううう……！」

目を見開き、歯ぎしりをするエドマークさん。

か、完全に言い負かされてる……！

見かねたように横からハルクさんが口を出す。

「……ロレンス。ギルマスに対してその態度はなんだい？　きみたちは確かに強いが、だからこそ他の冒険者の規範になる義務があるだろう」

「うるせえっ！　もうパーティを抜けたてめえに、いちいち指図《さしず》される義理はねえ！」

「そういう問題じゃない。きみたちはもう少し自分の立場を自覚すべきだ」

「うるせえって言ってんだろ！　雑魚《ざこ》が説教すんな！」

ロレンスは噛みつくように言って、ハルクさんを睨《にら》みつける。

それにしても、すごい拒否反応だ。

ハルクさんは、自分はロレンスたちに嫌われてるって言っていたけど、ここまで嫌われているなんて。

肩で息をしていたロレンスは、ハルクさんがそれ以上何も言わなかったことで元の調子を取り戻したようだ。

私が成長させてしまったマキアの木にちらりと視線を向ける。

「それよか、このでけえ木はなんなんだ？　誰か変な魔術でも使ったのか？」

エドマークさんが悔《くや》しそうな顔のまま応じる。

「……それは、こちらのセルビア殿がやったものだ。回復魔術によって植物を成長させた」

「回復魔術ぅ？」

例によって胡散臭《うさんくさ》そうな顔をするロレンス。

ロレンスは、じろりと私を見てくる。

「本当か？」

「……本当です」

「お前、本当に回復魔術が使えるのか」

「だったらなんなんですか」

怪我《けが》を治せ、なんて言われても絶対にお断りだ。ハルクさんにあんな態度を取っていたんだから。

ぎゅっと拳《こぶし》を握り締める私をよそに、ロレンスはエドマークさんのほうを向いた。

「エドマーク。あいつのランクは？」

「あいつではない、セルビア殿と呼べ。……Aランクだ」

「A!?　……いや、回復魔術が使えるならあり得るのか。そうか、Aか」

ロレンスたちは四人で目配せし合う。

それからロレンスは私を見て、こう言った。

「よし、喜べセルビア。お前、俺たちのパーティに入れてやる」

「……は？」

この人はいきなり何を言っているのだろう。

「つっても仮メンバーだがな。お試しで使ってみて、役に立つようなら正式に加入させてやる。せいぜい役に立てよ？」

あくまで上から目線で、ロレンスは私に言う。

まるで私が喜んでついていくと確信しているように。

「ほら、さっさと来い。まずはその貧相な服を買い替えねえと――」

勝手に話を進めるロレンスたちに、私は思わず口を挟《はさ》んでいた。

「嫌です」

「あ？」

「嫌だと言いました。あなたたちのような方とは組めません」

ロレンスは信じられないとでも言いたげな表情を浮かべる。

「何言ってんだ、お前？　Sランクパーティだぞ？　この国で俺たちより強いパーティは存在しねえ。そんな俺たちが誘ってやってんだぞ！」

「……あなたたちがどれだけ冒険者としてすごくても、立場を笠に着て人を見下したり、わがままを通そうとしたりするような相手とは、組みたくありません」

ハルクさんは違う。

個人でSランクという立場にありながら、何も知らない私にも対等に接してくれた。

エドマークさんに対してもそうだけど、ハルクさんを見下すような発言を繰《く》り返したロレンスたちに、私はさすがに頭にきていた。

というか、パーティに加入『させてやる』？『せいぜい役に立て』？

私、パーティに入れてくれなんて、一言《ひとこと》も言ってないんですけども。

「てめえ、いい度胸だな！」

「ひっ」

顔を真っ赤にしたロレンスが詰め寄ってきて、私はその剣幕に怯《ひる》んでしまう。

そんな私を庇《かば》うように、ハルクさんが前に出た。

「そこまでにしてもらうよ、ロレンス。セルビアは僕のパーティメンバーだ。気安く近づかないでくれ」

ロレンスは一瞬びくりと動きを止めたけど、すぐに勢いを取り戻す。

「はっ、知るかよ！　回復魔術師なんてレア中のレアだ！　てめえがなんと言おうと奪ってやる！」

そう言って伸ばされたロレンスの手を、ハルクさんが掴んで止めた。

ハルクさんは大して力を入れているようには見えない。

けど、ロレンスはそれだけでハルクさんの拘束《こうそく》から抜け出せないようだった。

ロレンスは狼狽《うろた》えたように、声を荒らげる。

「て、てめえ、身体強化は使えなくなったんじゃなかったのかよ！」

「昨日、セルビアが回復魔術で魔力回路を治してくれたからね。おかげで今は万全の状態だよ」

「治った、だと……!?」

腕を掴まれたまま、ロレンスが目を見張る。ハルクさんは淡々と告げた。

「体が治ったからって、きみたちのパーティに戻るつもりはないよ。きみたちに関わるつもりもない。けど、セルビアに手を出そうとするなら、それなりの覚悟はしてもらう」

ロレンスの首筋にびっしりと冷や汗が浮かぶ。

私は確信した。

……ハルクさんって、絶対に怒らせちゃいけないタイプの人だ。

「セルビアのことは諦めてもらう。いいね？」

「わ、わかった。わかったから離せ！」

ハルクさんが手を離すと、ロレンスはよろよろと手を押さえて後退する。その手首にはハルクさんに握られた痕《あと》がくっきりついていた。

「覚えてろよ……！　てめえら、さっさと行くぞ！」

ロレンスはハルクさんを睨《にら》みつけながら言うと、仲間たちと一緒に去っていった。

「待て、ロレンス！　ハルク殿とセルビア殿に謝罪せんか！」

エドマークさんが激怒しながらロレンスたちの後を追いかけていく。

その後ろ姿を見送ってから、私はハルクさんに頭を下げた。

「すみません。庇《かば》ってくださってありがとうございます」

「いや、僕のほうこそごめん。昔の仲間が迷惑をかけたね」

「……さっきの人たち、どうしてあんなふうになってしまったんでしょう」

そうだね、とハルクさんは指を折りつつ説明してくれる。

「ロレンスはある国の将軍の息子。魔術師のミアは魔術大国の名門をトップで卒業した天才。戦士のキースは元大盗賊団の頭領で、武闘家のニックは体術だけで飛竜《ひりゅう》を倒すほどの腕を持つ」

「しょ、将軍？　名門？」

なんだか思った以上にすごい肩書きが並んでいる。

私がぽかんとしていると、ハルクさんは苦笑した。

「要するに、負け知らずの集まりなんだ。だから周りを見下す癖がある。そのあたりを更生させてくれってギルマスには言われてたんだけど、なかなか難しくてね……」

疲れたように溜め息を吐《つ》くハルクさん。

「個人唯一のSランクなんて言われてるけど、僕もまだまだ未熟だよ」

「……そんなことありません。さっき私を庇《かば》ってくれたハルクさんは格好良かったです」

私がぼそりと言うと、ハルクさんは少し驚いたような顔をした。

あれ？　私今なんだか言葉選びを間違えた気が。

「ふ、深い意味はないです。ただ、その、思ったことを言っただけで」

「はは、わかってるよ。ありがとう」

ハルクさんはそう言って笑った。

# 第三章　初仕事

私が冒険者登録を終えたあと、私たちは昨日と同じ宿で一晩を明かした。

そして朝を迎えて、今は宿の一階の食堂で一緒に朝食をとっている。

その途中、ふとハルクさんがこんな提案をした。

「今日は依頼を受けようと思うんだ」

「依頼、ですか？」

「ギルドに寄せられる、冒険者たちへの依頼のことだね」

私はハルクさんの言葉に首を傾げた。

「えっと……どうして依頼を？　旅をするんじゃなかったんですか？」

「旅をするための資金稼ぎだよ。こんなことを言うのも情《なさ》けないんだけど、実は今あんまり手持ちがないんだよね」

「えっ」

私はおそるおそる自分の手元を見る。

そこにはハルクさんから奢《おご》ってもらった朝食が。

朝食以前に、私はハルクさんと出会ってから宿代も食事代も出してもらっている。

「わ、わた、私のせいで……」

「ち、違う違う！　セルビアのせいじゃないよ！　これには事情があるんだ！」

ハルクさんは慌《あわ》てたように手をぶんぶん振りつつ、こう説明してくれた。

「僕は少し前まで『金色の獅子』に参加してた。そしてパーティ内のルールで、仕事で得た収入は財布役のミアに預けることになっていたんだ」

ミアというのは、ロレンス率《ひき》いる『金色の獅子』にいた魔術師の女の子の名前だったはず。

私は頷きながら、ハルクさんに問う。

「財布役、というのがあるんですか？」

「うん。これは『金色の獅子』に限った話じゃないんだけど、冒険者パーティでは装備品やポーションなんかを買うために、パーティ内での資金を一か所に集めることが多いんだ。ただ、そのせいで僕はパーティを抜けるときに、稼《かせ》いだ報酬《ほうしゅう》をほとんど置いてくることになった」

「あー……」

そういうことかと納得する。

パーティで得た報酬《ほうしゅう》でパーティ運営の資金を賄《まかな》う。確かに理にかなったルールだ。

とはいえ、稼ぎのほとんどを徴収されるというのは厳しすぎるような気もする。仮にも『金色の獅子』はSランクパーティだし、その一員だったハルクさんの収入はかなり多かっただろうに。

「パーティ運営というのは、そんなにお金がかかるものなんですか？」

「いや、そういうわけでもないんだけど……」

ハルクさんが言いよどんでいる。

なんだろう、この奥歯にものが挟《はさ》まったような雰囲気は。

「けど、なんですか？」

「……その、ロレンスたちが装備を買いたいっていうから、お金を貸していたんだよ。パーティ運営用の資金とは別にね。それがまだ返ってきてなくて……」

「………あー」

ハルクさんの言葉に、なんとも言えない声を漏らしてしまう。

ギルドで会った『金色の獅子』のメンバーは見るからにお金の使い方が荒そうな人ばかりだったし、きっと見境なしに高価な剣やら鎧《よろい》やらを買ったりしていたんだろう。手持ちが足りないときにはハルクさんに無心したりして。

「……ハルクさんって優しいですよね……」

「うんわかってる。わかってるから哀《あわ》れむような目で僕を見ないで」

居《い》た堪《たま》れない雰囲気を切り替えるように、ハルクさんが咳払《せきばら》いする。

「と、とにかく旅費が必要なんだ」

「それで依頼を受ける話につながるんですね」

「うん。別にお金がないわけじゃないけど……屋敷まで取りに行くのも、送ってもらうのも時間がかかって面倒だからね。僕の場合はそこらで魔物でも狩ったほうが早いんだよ」

「……なるほど」

このあたりは単なるお金持ちと冒険者であるハルクさんの認識の違いなのかもしれない。

ハルクさんにとっては、冒険者として旅費を稼《かせ》ぐくらいなんでもないことなんだろう。

「本当なら、僕だけでぱぱっと行ってくるところなんだけど――」

「い、いえ、私も行かせてください！」

いつまでも奢《おご》られてばかりでは申し訳なさすぎる！

身を乗り出した私に、ハルクさんは苦笑した。

「そうだね、一緒に行こう。セルビアもせっかく冒険者になったことだし」

「頑張ります」

そんなわけで、私たちはパーティを組んで初めての依頼に挑戦することになった。

朝食を終えた私とハルクさんは、さっそく冒険者ギルドで依頼を受けた。

その詳細を聞くためにやってきたのは、街近郊にある、とある村の村長の家。

「おお、冒険者様！　依頼をお受けいただき感謝いたします！」

依頼人は、笑顔で出迎えてくれた目の前の村長である。

見たところかなり高齢で、白いひげが特徴的だ。

私たちが客室の椅子に座ると、村長が眉尻を下げた。

「申し訳ありません、何もない粗末《そまつ》な家で。こんなものしか出せませんが」

「ありがとうございます」

私は村長に差し出されたお茶をいただく。

……う、薄い。

私はお茶を飲みながら、ちらりと室内を見回した。

村長の家は本人の言う通り小さくて、高価なものはまったく置かれていない。苦労して暮らしている、という感じが伝わってくる。

しかもそれは村長の家だけじゃない。

この村はただでさえ人口が少ないうえに住民は老人がほとんどで、若い男性なんかは見かけなかった。

この村に来たときにハルクさんが言っていたことによると、村の入り口に衛兵も置かないなんて珍しい、とか。

私が室内を眺めている間に、真剣な目をしたハルクさんが口を開いた。

「それで村長。依頼についてですが」

「はい。お願いしたいのは他でもありません。ゴブリンの討伐《とうばつ》です」

ゴブリン退治。

それが今回、私とハルクさんが受けた依頼だ。

ゴブリンというのは醜《みにく》い容姿と邪悪な心を持ち、人々に悪さをする小鬼の魔物。

ギルドで聞いたところ、街近郊の村のそばにゴブリンの群れが棲《す》みついて、すでに作物には被害が出ている。村人が襲われるのも時間の問題と思われる……という話らしい。

ゴブリンは一体一体は弱いけれど、群れをつくるのが厄介《やっかい》なんだとか。

「ゴブリンの数はどのくらいですか？」

「以前群れの棲《す》み処《か》を確認したところ、三十体ほどでした」

「なるほど」

ハルクさんは村長の答えにうんと頷き、さらに質問を重ねる。

「ちなみに、それはいつごろの話ですか？」

あれ？　なんでわざわざそんなことを聞くんだろう？

「依頼を出したころですから……半月ほど前になります」

「そうですか。わかりました」

ハルクさんは再び村長に頷き、情報収集は終了。

かくして私たちは初めての依頼となるゴブリン三十体の討伐《とうばつ》に乗り出した。


……の、だけれど。

「ハルクさん。確か討伐《とうばつ》するゴブリンは三十体という話でしたよね」

「うん。そうだったね」

私とハルクさんは村長に教えてもらったゴブリンの棲《す》み処《か》のそばにやってきていた。

視線の先には子供くらいの大きさの体躯《たいく》を持つ、緑色の小鬼が何体も見える。

それはいいんだけど……

「ハルクさん。私の気のせいでなければ、三十体どころではないように見えます」

「まあ、ざっと十倍くらいはいそうだね」

「どうなってるんですか……」

そう。

私たちの前方にはゴブリンたちの集落ができていて――そこには、三百体には及ぶだろうゴブリンたちが、うじゃうじゃと蠢《うごめ》いていた。

あまりの光景に唖然《あぜん》とする私に対してハルクさんが説明してくれる。

「ゴブリンは繁殖力《はんしょくりょく》が高い魔物だからね。しかも成長も早い。最後に確認したのが半月前なら、このくらい増えていても不思議じゃない」

「だからわざわざあんな質問をしたんですね……」

ハルクさんが村長にいつごろのゴブリンの数かを尋ねていたのは、ゴブリンの繁殖力《はんしょくりょく》の高さを知っていたからだったんだろう。

それにしても、三百体っていうのはいくらなんでも増えすぎじゃあ……

「よし。それじゃ、そろそろ行ってこようかな」

「え？　本当に行くんですか⁉」

ハルクさんはあっさり言っているけど、いくらなんでも相手の数が多すぎる。

こんなの二人でどうにかできるとは思えない。

誰か援軍を呼びに行ったほうがいいんじゃ……？

私が心配しながら視線を向けると、ハルクさんはあっけらかんと笑って言った。

「あはは、ゴブリン三百体くらい平気だよ。一万体くらいの集落を潰《つぶ》したこともあるし」

「……え？」

今、なんだか信じられないような言葉が聞こえたような。

「【頑健《がんけん》】【剛力《ごうりき》】【見切《みき》り】――【縮地《しゅくち》】」

ハルクさんが小さく呟く。

次いで、ドバンッ！　という派手な音が響いたと思った瞬間――

隣を見ると、さっきまでいたはずのハルクさんがいなくなっていた。

『ギャアッ！』

『グギッ!?』

『ヒギャァアアアアッ!?』

前方からゴブリンたちの悲鳴が聞こえる。

……って嘘ぉ!?　ハルクさんがゴブリンの集落に突っ込んで一人で暴れ回ってる！

「す、すごい……」

ハルクさんが剣を振るたびに、十体以上のゴブリンが宙を舞う。

人間とは思えないくらいの強さ。速すぎてハルクさんの動きが目で追えない。

ハルクさんの通り名の『剣神』。

その意味を、このときの私は思い知っていた。

すごい。すごすぎる。けど――

「……これじゃあ私の出る幕がないんですが……」

ううう、せっかく役に立とうと思って気合いを入れてきたのに。

ゴブリン討伐《とうばつ》はハルクさん一人で全然余裕そうだ。

なんて、思っていたら。

『『――ギャアアアアアアアッ!?』』

あっ、ゴブリンたちが逃げ出した！

ハルクさんの襲撃に取り乱したのか、残った五十体くらいのゴブリンたちが、てんでバラバラの方角に逃げ始めた。

もちろんハルクさんは簡単には逃がさない。

すごい速度で走って追いつき、ゴブリンたちを確実に狩っていく。

けれど、いくら強くてもハルクさんは一人。

バラバラに逃げるゴブリンを、一瞬ですべて狩り尽くすことはできない。

(これは……チャンス!?)

ハルクさんが困っている！　役に立つなら今だ！

何か、何かないだろうか。ゴブリンを倒す方法。あるいは足止めする方法。

私が使えるのは回復魔術と――そうだ！

「【聖位障壁《セイクリッドバリア》】！」

発動した瞬間、透《す》き通った虹色の壁が周囲を取り囲んだ。

【聖位障壁《セイクリッドバリア》】は【聖位回復《セイクリッドヒール》】と同ランクの障壁魔術だ。これでゴブリンたちはもう逃げられない。

『ギィッ、ギイイッ……ギャアアアアアアッ!?』

ゴブリンたちは障壁に阻《はば》まれ、動きを止めた。

そこをハルクさんが次々と仕留めていく。

……ハルクさん、動き速いなあ。

もしかして私がいなくてもなんとかなってたり？

いやいや、そんなことはないと思いたい。

「セルビア。あの障壁はきみがやったのかい？」

ゴブリンを仕留め終えたハルクさんが、戻ってくるなり聞いてくる。

「は、はい。ゴブリンが逃げたらまずいと思って……余計なお世話かとも思ったんですけど……」

ハルクさんは首を横に振った。

「そんなことはないよ。とても助かった。それにしても、すごい魔術だね」

「……えへ」

褒《ほ》められてしまった。

お世辞かもしれないけど、教会ではそんなふうに言われたことはなかったから、嬉しくなる。

「ハルクさんこそすごかったです！　あんなにたくさんいたゴブリンを、あっという間にやっつけてしまうなんて！」

「まあ、剣しか取《と》り柄《え》がない身だからこれくらいはね」

頬を掻《か》きながらそんなことを言うハルクさん。

その仕草はどこか照れているようにも見えて……私はなんだか、ハルクさんに親近感を覚えてしまうのだった。


「本当にありがとうございます！　あのゴブリンどもを駆除していただけるとは……！　これでようやく安心して暮らすことができます！」

村に戻って依頼達成の報告をすると、村長が感激したように言った。

その様子を見て、ハルクさんは苦笑する。

「いえ、自分たちは冒険者として仕事をしただけですから」

「あなた方に心からの感謝を！　こちらが報酬《ほうしゅう》です、お受け取りください！」

村長は嬉しそうに、ぼろぼろの麻袋《あさぶくろ》を差し出してくる。その中身を確認してから、ハルクさんは頷いた。

「――はい。ゴブリン三十体討伐《とうばつ》で二十万ユール、確かに受け取りました」


「ハルクさん、あれでよかったんですか？　ゴブリンの数を少なく報告してしまって」

村から街への帰り道、私はハルクさんに質問した。

ハルクさん（と私）が倒したゴブリンは本当は三百体。

ギルドで見た依頼書の記載では、それを超えると一体ごとに討伐報酬《とうばつほうしゅう》が上乗せされる条件だった。

つまりハルクさんは、二百七十体分の討伐報酬《とうばつほうしゅう》を見逃したことになる。

ハルクさんは穏やかに微笑んで私を見た。

「あれでいいんだよ。あの村には上乗せぶんの報酬《ほうしゅう》を払う余裕があるようには見えなかったからね」

「……確かに」

村長宅を見る限り、あの村に上乗せ報酬《ほうしゅう》を払えるほどの蓄《たくわ》えはないような気がする。

物知らずな私は、ギルドで依頼を受けたあとハルクさんにお金について教えてもらったのだけど、二十万ユールは金貨二十枚分……物価の高い王都でも三月《みつき》は暮らしていける額だという。

おそらくあの二十万ユールも、村中から掻《か》き集めて用意したお金のはずだ。

ハルクさんはそれがわかっていたから、あえて討伐数《とうばつすう》を三十体と言ったらしい。

「セルビアに相談もせず、悪かったね」

「いえいえ。相談されても、私も賛成していたと思います」

眉尻を下げるハルクさんに、私は首を横に振る。

もともと二十万ユールあれば、旅の初期費用には十分だということで受けた依頼だった。

それがきちんと支払われたのだから、無理に村長たちからむしり取ろうとは思えない。

それに……

「それに、私も今すごく嬉しいんです」

「？　どうして？」

首を傾げるハルクさんに、私は教会での日々を思い出しながら言った。

「私は少し前まで、ずっと聖女候補として教会でお役目を果たしてきたんです。朝起きて、気力が尽き果てるまでずっと祭壇《さいだん》で祈り続けて……」

ハルクさんは黙って聞いてくれている。

私は呟くように言葉を続けた。

「けれどそれは当たり前のことで、聖女候補の義務なんだからやって当然のことでしかなくて……だから、嬉しかったです。私、ああやって人にお礼を言われたことなんてありませんでしたから」

ゴブリンを倒したと聞いたときの村長は、涙を流しながら感激していた。

あんなふうに喜んでもらえたら、嬉しくないわけがない。

「だから、損をしたなんて思いません。今の私は幸せな気持ちでいっぱいです」

ちょっと浮かれながらそんなことを話す私に、ハルクさんはしみじみ言った。

「教会も王太子も見る目がないなあ。この子以上に聖女にふさわしい人間って、いったいどこにいるんだろうね」

「……あ、あはは。そうでしょうか」

思ったより直球で褒《ほ》められて、私は思わず照れ笑いを浮かべるのだった。

# 第四章　聖女候補の真実

「わーっ、わぁーっ！　すごいですよハルクさん！　風を感じます！」

「セルビア、窓から身を乗り出すのは危ないからやめようね」

「見てくださいハルクさん！　鹿です！　いま野生の鹿と目が合いました！」

「うん。完全に聞いてないね、これ……まあ、楽しんでるなら何よりだけど」

ハルクさんの苦笑する気配を感じつつも私は興奮を抑えることができず、流れていく窓の外の景色に夢中だった。

ゴブリンを退治した翌日、私たちは馬車に乗って移動していた。

依頼を達成したことで当面の資金を確保した私たちは王都を発《た》ち、当初の予定通り観光の旅を開始したのだ。

もっとも、最終的な行き先はまだ決めてないんだけど。

王都は意外と交通の面では不便なようで、今は最寄りの交易都市を目指している。その街に行ってから目的地を決め、そこから本格的な旅を始めるつもりだ。

がたごとと揺られながら、私は大きく息を吐いた。

「はー……馬車っていいですねえ……」

「そんなに気に入ったの？　窓から見えるのも普通の山道だよ？」

「何言ってるんですか、それがいいんです！」

ハルクさんの言葉に私は勢い込んで答える。

かれこれ十年以上も教会に囚《とら》われ続けていた私は、王都の外に出たことがないどころか、私室から見る街並みと教会内部が世界のすべてのようなものだった。

だから、ハルクさんにとってはありふれた景色でも、私にとっては新鮮なのだ。

「ハルクさんは馬車によく乗るんですか？」

「うーん……あんまりかな」

私が話を振ると、ハルクさんは曖昧《あいまい》な返事をした。

「そうなんですか。もしかして馬車がそんなに好きじゃないんですか？」

「僕の場合は走ったほうが速いからね」

「それはもう人間の範疇《はんちゅう》を超えているような……」

常人は馬と競走をしても勝つことはできないはず。

「まあ、せっかくの旅行だ。のんびり馬車で行くのも悪くないね」

「はいっ」

ハルクさんの言葉に私は気を取り直して、明るく頷く。

ひとまずの目的地の街まで、馬車で丸一日。

それまではこの山道の景色を楽しむことにしよう。


……そんなふうに思っていた時期もありました。


「…………………」

「セルビア、どうしたの？」

黙り込む私に、ハルクさんが訝《いぶか》しげに声をかけてくる。

馬車に乗って王都を出発したのが、半日前のこと。

現在は夕方で、早ければ明日の朝には目的地の街に着くそうだ。

私たちの乗る馬車は順調に進んでいて、このまま行けば予定通りだろう。

それはいいんだけど——

「ハルクさん、幽霊って信じますか？」

「ゆ、幽霊？　急になんの話だい？」

私の唐突な言葉に、ハルクさんが目を瞬《またた》かせる。

私はちらちらと、周囲に視線を巡らせた。

……このあたり、妙によくない気配がする。

実は神様の加護を持つ聖女候補は、回復魔術だけでなく幽霊を祓《はら》う魔術も使える。なのでその手の気配に敏感だ。

強い恨《うら》みの念。あるいは現世に対する禍々《まがまが》しい執着心。

この周辺にはそういった、『この世ならざるモノ』の発する邪気が漂《ただよ》っている。

このまま進めばろくでもないことが起こりそうな気がしてならない。

「どうかしたのかい、セルビア。なんだか考え込んでいるようだけど」

「いえ、それがですね——」

私がハルクさんの質問に答えようとした瞬間。

がくんっ、と馬車が激しく揺れた。

「うおっ⁉　なんだ、暴れるな！」

御者《ぎょしゃ》が慌《あわ》てている声がする。

客車を曳《ひ》く馬が、暴れながら悲鳴をあげて前脚を持ち上げたのだ。バランスが崩れて、客車ごと横転しそうになる。

「きゃああ!?」

「セルビア、ごめんっ！」

客車が倒れる寸前、ハルクさんが私を抱《かか》えて扉を蹴破《けやぶ》った。そのまま宙に躍《おど》り出る。

私とハルクさんが脱出した直後、車体はものすごい音を立てて転倒した。

うわーぉ……。

「ぎゃああああっ！　足がっ、足がぁああああ！」

山道に投げ出された御者《ぎょしゃ》と馬が、絶叫を上げている。私は急いでそちらに駆け寄り、回復魔術をかける。

「【上位回復《アークヒール》】！」

光の粒子《りゅうし》が彼らの体に入り込み、その傷を癒《いや》していく。

「ぎゃああああぁああ……ってあれ？　痛くない!?」

目を白黒させる御者《ぎょしゃ》の様子を確認する。

「回復魔術を使いました。どこか違和感はありませんか？」

「え、ええ。助かりました」

御者《ぎょしゃ》は何が起きたのかよくわかっていないそうだけれど、しっかり答えられている。

うん、大丈夫そうだ。

私は大事に至らなかったことに安堵《あんど》しつつ、御者《ぎょしゃ》に尋ねる。

「いったい何があったんですか？」

「わ、わかりません。急に馬が暴れ出したんです」

馬が急に暴れ出すって、そんなことあるんだろうか。

私が考えていると、ハルクさんがおもむろに口を開いた。

「……セルビア、さっき幽霊がどうとかって言ってたよね」

「は、はい。言いましたけど」

「これを見てくれる？」

ハルクさんが指で示したのは、馬の右前脚の下部。

そこには、ものすごい力で握《にぎ》り潰《つぶ》されたような痕《あと》があった。

私は思わず息を呑む。

「これは……」

「周囲に魔物の気配はない。どうしてこんなことに……」

私たちのやり取りを聞いて、御者《ぎょしゃ》ががたがたと震え出す。

「た、祟《たた》りだ。これは幽霊屋敷の祟《たた》りだぁああっ……」

御者《ぎょしゃ》は、うわごとのようにそんなことを言った。

……なんだか聞き捨てならないことを言いませんでしたか、この人。

ハルクさんも表情を険《けわ》しくする。

「詳しく聞かせてもらってもいいでしょうか？」

御者《ぎょしゃ》は首を縦に振り、話し出した。

「この山道には一軒の廃屋《はいおく》があります。その廃屋《はいおく》のそばを通ると、何か妙なことが起こるという噂《うわさ》は前からありました。ただの噂《うわさ》だろうと今まで放置していたのですが……」

「その噂《うわさ》というのは、具体的には？」

「夜に白い人のようなものが浮いていたとか、けたけたという笑い声が聞こえたとか、そういったものです。今までそれを見た者はいなかったので、誰も信じてはいなかったんですが……」

ハルクさんの問いに、御者《ぎょしゃ》は気味悪がるように木々の奥を見ながら言う。

御者《ぎょしゃ》の話によると、今までは幽霊の噂《うわさ》はあっても実害はなかったらしい。馬の脚を掴むなんて直接的な攻撃はしてこなかったんだとか。

ハルクさんは難しい表情を浮かべる。

「普段なら眉唾《まゆつば》だと思うでしょうが、さすがにこの状況ではそうも言っていられませんね」

「はい。それに、馬が怯《おび》えています。このままでは先に進めません」

御者《ぎょしゃ》の言う通り、馬はさっきから完全に萎縮《いしゅく》してしまっている。視線はちらちらと木々の間に向けられており、何か目に見えないものを怖がっているような様子だ。とてもじゃないけど、馬車を曳《ひ》けるような状態には見えない。

「最悪、馬を置いて自分たちだけで山を抜ける選択肢もありますが……」

御者《ぎょしゃ》が言葉を濁《にご》す。

馬を捨てることへの抵抗も当然あるだろう。

けれど、そもそもそれで山を抜けられるのかという危惧《きぐ》のほうが大きいはずだ。姿の見えない『何か』がこの山には潜《ひそ》んでいて、それはどんな危険な存在なのかわからないのだから。

そして、それは正しい。

この近くには間違いなく大物がいる。おそらく私たちを素通《すどお》りさせるなんてことはないだろう。

ここ一帯に充満しているのは、そういった悪質な気配だ。

……というわけで。

「じゃあ、とりあえず祓《はら》ってきますね、霊」

「え？　……ちょっと待った。セルビア、今なんて言ったの？」

「……？　このままだと危ないので、近くにいる悪霊《あくりょう》をやっつけてこようと」

なぜか慌《あわ》てた様子のハルクさんを不思議に思いながら、私は答えた。

悪霊《あくりょう》が通行の邪魔をしてくるなら、排除してしまえばいい。子供でもわかる理屈だ。

けれどハルクさんは、なんだか戸惑《とまど》っているようだ。

「悪霊《あくりょう》をやっつけるって……セルビア、除霊ができるの？」

「できますよ？」

「「………えっ」」

私が言うと、ハルクさんと御者《ぎょしゃ》が揃《そろ》って唖然《あぜん》とした。

あれ、なんだか前にも見たことがある気がするんですが、この反応。

私とハルクさんは御者《ぎょしゃ》と馬をその場に待機させ、除霊のために御者《ぎょしゃ》の言っていた廃屋《はいおく》へと向かうことにした。

「それじゃあ、除霊って誰にでもできるようなものじゃないんですか？」

「まあ、普通は高いお金を払って教会に依頼しないとどうにもならないからね」

山道を歩きつつ信じられない思いで確認する私に、ハルクさんは苦笑しながらそう言った。

悪霊《あくりょう》を祓《はら》う対霊魔術というのは、私が思っていたよりもずっと希少なものだったらしい。

……知らなかった。

教会だと除霊できる人のほうが多かったから、てっきり珍しくないものだとばかり……ってこれ、回復魔術のときにも思ったような。

私が頭の中で反省していると、ハルクさんが再び口を開いた。

「幽霊……というか今回のは、多分レイスやゴーストなんかのアンデッド系の魔物だろうけどね。物理攻撃がほとんど効かないから、普通の冒険者では対処できないはずだ」

「ハルクさんでも、ですか？」

世界唯一の個人Sランクとはいえハルクさんも一人の人間。苦手な相手の一つや二つくらいは——

「僕？　僕は普通に倒せるよ。幽霊を斬《き》る練習をしたからね」

うん。やっぱりこの人、たいがい普通じゃない。

そんなことを話している間に、目的地に到着した。

「ここが例の廃屋《はいおく》だね」

「なんというか、すごくさびれていますね」

私たちの目の前に現れたのは、今にも崩れ落ちそうな廃墟《はいきょ》。

ただし大きく、山の中にあるにもかかわらず二階建てで、立派だったであろう門までついている。

御者《ぎょしゃ》いわく、幽霊は必ずこの屋敷の近くで出現するという噂《うわさ》らしい。

私は廃屋《はいおく》を上から下まで眺める。

「……あ、本当にいますね、ここ。しかもあんまりよくない気配がします」

「そんなことがわかるの？」

驚いたように聞くハルクさんに、私は小さく頷いた。

「なんとなく、ですけど。それで、屋敷の中の二か所から、よくないものの気配がします。ひとつは二階で、もうひとつは地下ですね。気配の大きさは地下のほうが圧倒的に大きいです」

「場所に加えて強さまで感じ取れるのか……本当にきみはとんでもないな」

戦慄《せんりつ》したように言われた。

あの、とんでもないとかハルクさんに言われると複雑なんですが。

「それで、どうしましょう？　二人で一か所ずつ手分けしたほうがいいんでしょうか？」

ハルクさんも悪霊《あくりょう》と戦えるなら、分担したほうが早く終わる気がする。けれど、ハルクさんは首を横に振った。

「いや、二人で一か所ずつ行こう。無駄に危険を冒《おか》すことはない」

「ハルクさん……」

「相手の強さがわからないうちは戦力の分散は危険だ」

「……もしかして私のこと頼りないって思ってません？」

ハルクさんは気まずそうに目を逸《そ》らす。

「……そんなことないよ」

「絶対に嘘じゃないですかその言い方！」

私だって幽霊相手なら、ちゃんと対処できるのに！

「ごめんごめん。けどやっぱり心配なんだよ。二人でいたほうが安全なのは確かでしょ？」

「……うう」

ハルクさんからにじみ出る保護者感。

やっぱり私は、ハルクさんにしてみればまだまだ頼りないようだ。

いや、今までしでかしてきたことを考えれば仕方ないけれど。

私は自分を納得させると、ハルクさんに向き直った。

「わかりました。一緒に行きましょう」

「うんうん。それがいいよ」

「二階と地下、どっちからにしますか？」

「二階からのほうがいいだろうね。先に地下に行くと、二階にいるほうが下りてきたときに逃げ場がなくなる」

「なるほど」

確かにハルクさんの言う通り、地下で挟《はさ》み撃《う》ちにされたら厄介《やっかい》なことになりそうだ。

「それじゃあ、二階から行きましょう」

「うん。僕が先行するからセルビアは後からゆっくりついてきてね」

……ハルクさん、やっぱり私のこと頼りにしてないですよね？


この廃屋《はいおく》は長い間誰にも使われていなかったのか、中は埃臭《ほこりくさ》さが充満していた。

そんな廃屋《はいおく》の一階を、私は迷いなく突っ切っていく。

「一階は何もいないので素通《すどお》りで大丈夫です」

「……便利だなあ、その感覚」

本気で感心したようにハルクさんが言ってくれる。少なくともこの点については役に立てているみたいで嬉しい。

一階の廊下を歩ききり、突き当たりにある階段を上る。

二階にもいくつか部屋があって、私はその中の一つの前で立ち止まった。

「この部屋の中に何かいそうです」

「わかった。それじゃあ僕が前に出るから」

「……」

「不満そうな顔をしても駄目」

仕方ない。ハルクさんに先頭は譲ろう。

部屋の扉を開け、私たちはその中に入っていく。

「……あれ？　何もいないね」

ハルクさんの言う通り、部屋の中にはぱっと見たところ幽霊はいなかった。

部屋の中にあるのは古ぼけた家具類くらいで、特に変わった様子もない。

「セルビア、何か感じる？」

「うーん……感じますけど、なんだか雰囲気がぼやけているような……部屋全体が変というか」

普通の霊なら、気配が一か所に固まっている。それが幽霊の姿を作り出すんだけど……この部屋はなんというか、その気配が部屋全体に散っているような印象だ。

……と、そのとき。

『――きゃはは』

笑い声が聞こえた。

無邪気に遊ぶ子供のような声。けれど当然、こんな場所に子供なんているはずがない。

「……セルビア。今の聞こえた？」

「はい。しっかりと」

私たちが小声でやり取りする間も、笑い声は響いている。

『あはは』

『きゃはっ』

『あは』

『ひひひははははは』

『ひひ』

『ぎゃはははははははははははははははははははっ！』

やがて部屋中に子供の声、老人の声、若い男性の声、甲高《かんだか》い女性の声など、いくつもの声が連鎖《れんさ》し始める。

この部屋にいるのは私とハルクさんだけなのに、部屋の隅や耳元からも声が聞こえてくる。

「何かいるのか？」

ハルクさんが鋭《するど》く視線を飛ばすけど、部屋の中には何もない。そして窓の向こうに見える景色にも、なんの異常もない。

正体不明の笑い声はどんどん大きくなっていく。

「セルビア、気をつけて！」

「は、はい」

ハルクさんの声に慌《あわ》てて頷く。

幽霊の姿はまだ見えない。やっぱり何か妙だ。

しばらくその場でじっとしていると、笑い声の大合唱が急に消失した。

「声が止まった……セルビア、大丈夫？」

「大丈夫です」

大音量を浴びせられて頭がくらくらするけど、特に怪我《けが》をしたわけじゃない。

ひとまず落ち着いたのかな——なんて思った、次の瞬間。

「……え？」

机。ベッド。古ぼけたクローゼット。

部屋のあちこちにあった家具がひとりでに浮き上がり、雪崩《なだれ》のように私たちに襲いかかってきた。

「危ない！」

ハルクさんが瞬間移動くらいの速度で私に駆け寄り、一瞬のうちに私を抱きかかえてその場を離れた。

家具の群れは私たちのいた地面を容赦《ようしゃ》なく抉《えぐ》り、ガッシャアアアン、という派手な音とともに埃《ほこり》を巻き上げる。

「家具が飛んでくるって……ポルターガイストってやつかな。セルビア、大丈夫かい？」

険《けわ》しい顔で床に積み上がった家具の山を見ながら、ハルクさんが言う。

さっきは猛然《もうぜん》と襲いかかってきた家具たちだったけど、今はまったく動く気配がない。

……ところで今、私、思いっきりお姫様抱っこをされているんですが。

細身に見えるハルクさんだけど、さすがは世界唯一の単独Sランクというか……背中と膝裏《ひざうら》に回された手は、しっかりと私の体を支えてくれている。

私が何も言わずにいると、ハルクさんが覗《のぞ》き込んでくる。

「セルビア？　まさか本当にどこか打ったんじゃあ……」

「い、いえっ、平気です！」

というか、顔が近い！

心配してくれるのはありがたいけど、この体勢は心臓に悪い……！　ハルクさんはもう少し自分が美形であることを自覚してほしい。

私はハルクさんに下ろしてもらいながら、周囲を確認する。

「あ、気配が消えてます」

「……え？」

「代わりに地下の気配が強くなってるような気がします」

「えっと、つまり？」

ハルクさんの質問に、私はこう答えた。

「これは私の予想ですけど、ここにいた『何か』は地下にある気配の一部だったのかもしれません。私たちを脅《おど》かそうとしたけど、失敗したので諦めて本体のほうに戻ったんじゃないでしょうか」

ふむ、とハルクさんは顎《あご》に手を当てる。

「つまり、地下にいるほうが元凶だと？」

「そんな気がします」

私の答えに、ハルクさんは真剣な顔で視線を下に落とした。

「それじゃあ、地下に向かってみようか」

私たちは二階の部屋を出て古びた廊下を歩き、階段を下りていく。

たどり着いた地下への入り口は一階の物置のような場所の床にあった。

「この下ですね」

「こんなところに入り口があったのか……」

私たちの足元にあるのは上《あ》げ蓋《ぶた》のようになっている、両開きの鉄製の扉だった。扉には何重にも鎖《くさり》がかけられ、薄く光る錠前《じょうまえ》でロックされている。

邪悪な気配は、この真下から漂《ただよ》ってくる。

間違いなく幽霊騒動の元凶はこの下だ。

「って、あれ？　触《さわ》れませんね」

錠前《じょうまえ》に触ろうとすると、不思議な力で弾《はじ》かれる。

なぜか扉に手をかけることができない。

「魔力で封印されてるのか。……ちょっと離れてて」

ハルクさんが剣で斬《き》りつけると、錠前《じょうまえ》を覆《おお》っていた不思議な力の膜《まく》が消失した。

どうやら張られていた障壁系の魔術を、ハルクさんが剣で斬《き》り捨てたようだ。

そんなことできるの？　とはもう聞かない。

さすがハルクさんと思うばかりだ。

感嘆する私をよそに、ハルクさんは、ぎいいいっと音を立てながら鉄の扉を開ける。

「地下につながる階段、か。行こう」

「はい」

埃《ほこり》っぽい木製の階段を下りていく。

しばらく下りると、予想をはるかに超えて大きな空間があった。

「広い……」

「地上の建物は、ここを隠すためのカモフラージュか。何かの研究施設のように見えるね」

ハルクさんの言う通り、この地下空間を囲む壁には本棚がびっしり並んでいたり、隅には謎の液体が詰まった樽《たる》や壺《つぼ》がたくさんあったりと、普通に生活するにはおかしいものがいくつもあった。

……そんな空間の奥にそれはいた。

それは書き物机に向かっていたが、私たちの侵入に気付いて振り返る。

『……我ガ領域ヲ侵《オカ》スノハ何者ダ？』

ゆっくりと立ち上がったそれは人型で、身長は私より頭ひとつ半ほど高いだろうか。

やせ細った古木のような体にローブを羽織り、鼻は鋭《するど》く尖《とが》っていて、燃えるような丸い目が私たちを睨《にら》んでいる。漂《ただよ》ってくるのは黴《かび》のようなすえた臭《にお》い。

うん。

これ、幽霊じゃなくて完全に実体を持っている。

ハルクさんの予想した通り、一連の騒動の原因は幽霊ではなく魔物だったようだ。

「まさか……」

私の隣でハルクさんが息を呑む。

『貴様ラハ、我ガ崇高《スウコウ》ナル研究ヲ妨《サマタ》ゲタ。報《ムク》イヲ受ケテモラオウ』

ローブを羽織った怪物は、骨ばった片手を掲《かか》げた。

すると邪悪な妖気が集まり、どす黒い球体に変わっていく。禍々《まがまが》しいその球体は、私とハルクさんをまとめて呑み込んでしまいそうなほど大きい。

『食ラエ！』

妖気の塊《かたまり》は怪物の指示で飛んでくる。

そして——私たちに当たる寸前。

「武器強化『神聖付与』」

ざんっ、とハルクさんの剣に断ち切られた。

ま、魔術を斬《き》った……！

今、ハルクさんの剣は白いオーラに覆《おお》われている。

このオーラによって、ローブの怪物が放った妖気の塊《かたまり》を打ち消すことができたようだ。

『ナンダト!?　我ノ【破壊球】ヲ断チ切ルトハ……』

驚くローブの怪物を見て、ハルクさんは険《けわ》しい表情で言う。

「こっちこそ驚きだよ。まさかこんなところに最上級アンデッドの『リッチ』がいるなんて……。ギルドからはそんな報告受けてないんだけどな」

その言葉に、私は目を見開いた。

この廃屋《はいおく》に来る前、私はハルクさんからアンデット系の魔物について少しだけ教わった。

アンデッド系にはいくつも種類があるけれど、中でも危険なのが最上位の『リッチ』。

生前強力な魔術師だった人物が強い怨念《おんねん》を持ったまま死ぬと、リッチとして復活することがあるそうだ。

その力は……ハルクさんいわく、一国の軍隊と渡り合えるほどだという。

『我ガ魔術ヲ切リ裂クトハ、貴様ハ何者ダ？』

魔術を防がれたリッチは、不愉快《ふゆかい》そうにハルクさんを見る。

「魔物に答える義理はないな」

『フン。魔物ノ何ガイケナイ？　永遠ニ魔術ノ研究ヲ続ケラレルノダゾ』

リッチはゆらりと両手を掲《かか》げた。

『薄汚イ侵入者メ。我ガ魔術ニ平伏スルガイイ！』

瞬間。

リッチの両手から黒い霧《きり》のようなものが発生し、地下空間全体を埋《う》め尽くした。

「わぷっ」

私は思わず霧《きり》を吸い込んでしまったけど、別に息が苦しくはならない。

よかった、とりあえず毒とかではなさそう。

「セルビア！」

「だ、大丈夫です」

心配そうに声をあげるハルクさんに、私は頷く。

黒い霧《きり》はすぐに晴れた。その向こうで、リッチが笑っている。

『吸ッタナ？　クハハハハハッ、貴様ラハモウ終ワリダ！』

終わり？　なんのことだろう？

訊《き》こうと思ったけど、やめた。

すぐにリッチの言葉の意味がわかったからだ。


「あ」

開いた口から、大量の血が零《こぼ》れた。

ぼたぼたぼたっと、足元が自分の血で濡れる。

手で口を押さえるけれど、それは止まらない。

足元の血だまりはどんどん大きくなっていく。

息ができない。喉《のど》の奥からどんどん血があふれて、私は鉄臭い液体に溺《おぼ》れるように即死した。

べちゃ、という音とともに、私は自分で吐いた血だまりに沈む。

数秒遅れてハルクさんも斃《たお》れ、地下空間にはリッチの甲高《かんだか》い声だけが響き渡る――

――という幻覚《げんかく》から、数秒で現実に戻ってくる。

隣では、ハルクさんも顔をしかめていた。

「精神汚染まで使えるのか……！」

『ソノ通リダ。ククク、一度耐エテモ無駄ダゾ？　コレカラ貴様ラハ心ガ擦《ス》リ切レルマデ悪夢ヲ見続ケルノダカラ』

「くっ……セルビア、下がるんだ！　長時間食らえばおかしくなりかねない！」

ハルクさんが頭を手で押さえたまま、そう指示してくる。

（……精神、汚染）

脳内に、悪夢のような光景が濁流《だくりゅう》のように流れ込んでくる。

それは現実かと思うほど生々しい『死』の光景だ。

首を絞められて、火に炙《あぶ》られて、刃物で腹を裂かれて、瓦礫《がれき》で頭を砕《くだ》かれて。

その光景の中で、私は何度も何度も死に続けた。

想像を絶する苦痛、と言えるだろう。

あまりに生々しすぎて、幻覚《げんかく》だとわかっていても苦しさは軽くならない。

私は脳内を生き地獄《じごく》のような幻覚《げんかく》に侵《おか》されたまま、ゆっくりと手を前に突き出し――

「【聖位祓魔《セイクリッドエクソシズム》】」

対霊魔術で敵を消滅させにかかった。

『ギャァアアアアアアアアアアアアアアアアアッ⁉』

あれ、なかなか消えない。けっこう手ごわいなあ。

「せ、セルビア？」

「すみません、ちょっと待ってくださいハルクさん。すぐにやっつけちゃいますから」

『馬鹿ナァァァァァアア⁉　コンナ小娘ニ我ガァアアア！』

「ああもうっ、ちょっと大人しくしていてください！」

私はその後十秒ほどかけて、目の前のリッチを消滅させた。

ふう、と額《ひたい》の汗をぬぐう。

「よし、除霊完了です！　これで馬車も安心して通れるようになりますね！」

ひと仕事終えた笑みで振り返ると、ハルクさんは口元を引きつらせていた。

「せ、セルビア。もしかして今リッチを一人で倒した……？」

「はい！」

ここにいたリッチはもう完全に消滅させた。

ゴブリン退治のときと違って、今回はきちんと役に立てた気がする。

「いや、元気よく『はい』って言われても……ええ……？」

困惑したようなハルクさんの声。

何か様子がおかしい。

どうしたんだろうと考えて……私はある可能性に思い至った。

「……もしかして、どこか怪我《けが》をしたんですか⁉　ヒールします！」

「い、いやそうじゃないよ。リッチを秒殺できる人間がいるなんて聞いたことがなかったから、ちょっと驚いただけで……」

ああ、そういうことか。

「実は私、除霊も得意なんです」

「あのねセルビア。得意とかそんなレベルじゃないからね」

そんなことを言われても。

ハルクさんはしばらく唸《うな》ってから、私を見て心底不思議そうに尋ねてきた。

「それに……セルビア、よく動けたね？　今の精神汚染はかなり強力だったと思うけど」

「精神汚染というと、さっきの幻覚《げんかく》のことですよね」

私が問い返すと、ハルクさんは首を縦に振った。

「そう。あんなにえげつない魔術は僕も久しぶりに食らったよ」

「えげつない……？」

私はハルクさんの言葉に目を瞬《またた》かせ、すぐに、あはは—、と笑みを浮かべた。

「せ、セルビア？」

自分でもどんよりした笑い方だったと思う。

見ていたハルクさんがぎょっとするくらいには。

私は虚《うつ》ろな笑みを浮かべたまま再び口を開いた。

「私に言わせれば、あんなのまだまだです。……私は今まで、もっともっと酷《ひど》い怨念《おんねん》にさらされてきましたから」

無事にリッチを退治した私たちは、御者《ぎょしゃ》の待つ山道へと戻ることにした。

来た道をしばらく歩くと、その場から動かなかったらしい御者《ぎょしゃ》と無事に合流できた。

ハルクさんは、御者《ぎょしゃ》にことの顛末《てんまつ》を話す。

「――というわけで、これで今後、幽霊騒ぎはなくなると思います」

「おおっ、ありがとうございます！　これで安心して馬車を走らせることができます！」

私たちの報告を聞き、御者《ぎょしゃ》は驚きと喜びをにじませた。

ゴブリン退治のときも思ったけど……やっぱり感謝されると嬉しいなあ。

そんなことを考えている私の横で、ハルクさんが改めて御者《ぎょしゃ》を見る。

「いくつか確認したいことがあります」

「は、はい」

あれ？　ハルクさん、なんだか険《けわ》しい顔をしているような。

「幽霊……リッチが直接的な害をなしてきたのは、今日が初めてというのは本当ですか？」

「は、はい。間違いありません」

「では、あの山道でアンデッド系の魔物が大量発生したことは」

「私の知る限り、ありません」

「そうですか……」

ハルクさんは考え込むように、顎《あご》に手を当てた。

そんなハルクさんに首を傾げつつも、御者《ぎょしゃ》は「馬の準備をしてきます」と言い、その場を離れた。

私はハルクさんに質問する。

「あの、何か気になることでもあるんですか？」

「……そうだね。普通、リッチは大量のアンデッドを伴《ともな》って現れるものなんだ。なんの前触《まえぶ》れもなく、いきなり出現したというのは聞いたことがない」

「で、でもハルクさん。もうリッチは倒してしまったんですし、そんなに深く考える必要があるんですか？」

私の言葉に、ハルクさんは首を横に振る。

「わからない。まあ、冒険者の勘《かん》みたいなものだけど、この件はもっと大きな事件の前兆のような気がする」

「勘《かん》、ですか」

「うん。まあ、所詮は勘《かん》だからあんまりアテにならないけど」

……いや、Sランク冒険者の勘《かん》ってすごく当たりそうなんですが。

私は不吉な予感を覚えつつ、馬の準備が整うのを待つのだった。

▽

王城の一室。

そこでは金髪の美男子が、窓際から中庭を眺《なが》めている。

金髪の美男子――王太子のクリスはしばらくそうしていたが、ふと思いついたように部屋の扉の外に声をかけた。

「今から教会に行くぞ。お前たち、支度《したく》をしろ」

「「はっ」」

彼が声をかけたのは、部屋の扉の外で待機している護衛の騎士だ。

護衛騎士二人は迅速《じんそく》に動き、外出までのもろもろの手はずを整えていく。

この二人は現国王がクリスに与えた家臣だ。騎士団屈指《くっし》の実力を持ち、気も利《き》くので、クリスは彼らを重宝《ちょうほう》していた。

「手土産《てみやげ》を忘れるなよ。リリアナは焼き菓子が好物だからな」

「もちろんです殿下。……しかし、殿下はリリアナ嬢と仲がよろしいですな」

「ああ。リリアナは聖女候補の中でもっとも気品がある」

騎士の問いにそう答えつつ、クリスは笑みを浮かべた。

リリアナというのは、聖女候補の一人である。

クリスは、そのリリアナが婚約者でもある聖女候補の中でもっとも好みだった。

教会の掟《おきて》には違反しているが、すでに何度もリリアナを教会から連れ出しているし、男女の関係になったのは何年も前のことだ。

「リリアナこそ私の妻にふさわしい。……それだけに、あのセルビアとかいう害虫が忌々《いまいま》しかったわけだが」

「心中お察しします、殿下」

心から同情するような表情を浮かべる騎士を見ながら、クリスはセルビアのことを思い出して眉根を寄せた。

リリアナはクリスに対して、ことあるごとに悪女セルビアの話をした。

セルビアは誰とでも体の関係を持つ淫売のうえ、傍若無人《ぼうじゃくぶじん》に振る舞う最低の聖女候補だと。

それを聞いて、クリスはセルビアを教会から追放する決心をしたのだ。

あのときのリリアナの喜びようといったらなかった。セルビアを追放したのはほとんどクリスの独断であり、両親——特に現聖女である母に後で叱責《しっせき》される可能性は大いにあるが、実行に踏み切った甲斐《かい》があったというものだ。

「……まあ、もういない女のことなど考えても仕方がない。出発するぞ」

「「はっ」」

クリスは護衛騎士二人を引きつれて、教会に向かった。

馬車にしばらく揺られたクリスが教会の扉の前へやってくると、修道士の一人が出迎える。

「こ、これは王太子様！　本日はどのようなご用件で⁉」

「婚約者の顔を見に来ただけだ。司教は？」

司教、つまりこの教会の管理者の所在をクリスが聞くと、修道士は首を横に振った。

「ルドン司教は現在、祈祷《きとう》に立ち会うため地下の祭壇《さいだん》にいます」

「そうか。ではリリアナは？」

「聖女候補リリアナも、ルドン司教と同じく地下の祭壇《さいだん》に」

「ふむ」

クリスは修道士の答えを聞いて、少々考え込んだ。

この教会の地下には大きな空間がある。

そこには祭壇《さいだん》と呼ばれるものがあり、かつてこの世界を襲った邪悪な存在——魔神を封じるのに必要なものらしい。

らしい、というのはクリスが実物を見たことがないからだ。

教会の地下は、聖職者の中でも位《くらい》が高い者と聖女候補しか入ることができないという掟《おきて》があるのだ。

「申し訳ございませんが、今しばらく別室でお待ちいただけますか？」

恐縮するようにそう言う修道士。

普段のクリスであれば従ったかもしれない。

しかし、今日のクリスはふと気まぐれに、首を横に振った。

「いや、せっかくだ。祭壇《さいだん》とやらを見てみよう。案内したまえ」

修道士はぎょっとしたように目を見開く。

「い、いけません！　地下に外部の人間が入ることは掟《おきて》で禁じられて——」

「口を慎《つつし》め、修道士風情《ふぜい》が！」

修道士が諫《いさ》めた途端、クリスは癇癪《かんしゃく》を起こしたように大声をあげた。

「私を誰だと思っている？　リーベル王国が王太子、クリス・リーベルトであるぞ！　まして国王《ちちうえ》が国外に出ている今に限れば、この国でもっとも高位の人間でもある！　身の程を知れ！」

クリスの大声によって、修道士は完全に萎縮《いしゅく》してしまう。

国王であるクリスの父は、半月ほど前から隣国との会談のために国を空《あ》けている。

そのせいで、止める者のいなくなったクリスの横暴は加速していた。

「し、失礼しました！　入り口はこちらです！」

すっかり怯《おび》えた修道士は、クリスたちを地下への入り口に案内した。

修道士に先導され、クリスと護衛騎士二人は地下に続く階段を下りていく。

騎士の一人は、ふとクリスに問う。

「それにしても殿下、今日はなぜ祭壇《さいだん》をご覧になりたいなどと？」

「なに、ただの気まぐれだ。いずれ私の妻になる女の仕事風景に興味があってな。リリアナは美しい女だ。神聖なる祈祷《きとう》を捧《ささ》げる姿はさぞ素晴らしいことだろう。未来の夫として、一度見てみたかったのだ」

そう言ってクリスは機嫌よさそうに笑う。

クリスの脳内には、汚《けが》れひとつない法衣《ほうえ》に身を包み、静かに祈りを捧《ささ》げるリリアナの姿が浮かんでいた。

美しいリリアナが厳《おごそ》かに祈祷《きとう》を行《おこな》うさまは、絵画のごとく神秘的に違いない。クリスはそう思い、笑みを深めた。

「ここが祭壇《さいだん》の間《ま》です……」

最後の階段を下りると、修道士が重々しい鉄の扉の前に立った。

「なるほど。ここにリリアナがいるのだな。お前はもう下がっていいぞ」

用済みとばかりに修道士を押しのけ、クリスは自ら祭壇《さいだん》につながる扉に手をかける。

その向こうには聖女候補として立派に務めを果たすリリアナがいるのだ。

クリスはゆっくりと扉を押し開き――


「――嫌ぁああああああ！　お願い、ここから出して！　助けて！　もう無理なの、頭がおかしくなる、あああっ、あああああああああああああああああああああああっ!!」

甲高《かんだか》い女の叫びを聞いて、唖然《あぜん》とした。

「……は？」

地下にあったのは巨大な石碑《せきひ》と、それを囲むように作られた石製の祭壇《さいだん》。

そしてその中央で頭を掻《か》きむしりながら、おかしくなったような叫び声をあげる――クリスの婚約者リリアナの姿だった。

「な、何をしている！　即刻やめさせろ！」

絶叫し続けるリリアナを見て、クリスは思わず声をあげた。

その声に、祭壇《さいだん》の前にいたルドン司教がぎょっとしたように振り返る。

「クリス殿下！　あなたがなぜここに!?」

「私はリリアナに会いに来たのだ！　それより司教、これはどういうわけだ！　なぜこんな惨《むご》い真似をする!?」

クリスには理解できない。

リリアナがあんなにも苦しんでいるのに、どうしてこの司教は平然としているのか。

祭壇《さいだん》の手前には数人の修道士たちが立っているが、彼らも目の前の光景を異常とは考えていないように見える。

すると、祭壇《さいだん》の上にいるリリアナがぐるりと振り返った。

「クリス様！　ああ、私のためにここまで来てくださったのですね！」

「リリアナ……」

クリスはリリアナを見て、言葉をなくした。

その姿はクリスの知るリリアナの姿とはかけ離れていたからだ。

目は血走っているし、顔色は病人のように真《ま》っ青《さお》になっている。

「どうか、どうかお助けください！　このままでは私は気がおかしくなってしまいます！」

リリアナは祈りを中断し、クリスのもとに駆け寄ろうとする。

しかし祭壇《さいだん》から下りる寸前で、彼女の目の前に修道士二人が立ちふさがった。

「どきなさい！」

「それはできません」

「聖女候補である私に逆らうつもりですか？　一介の修道士ごときが！」

リリアナは激怒するが、修道士たちは一切動じずに続ける。

「まだ祈祷《きとう》は終わっていません。次の聖女候補様がやってくるまで祈りを捧《ささ》げていただきます」

「ふざけないで！　クリス様がいらしているのよ⁉」

「祭壇《さいだん》にお戻りください。そして祈祷《きとう》を」

「きゃあっ⁉」

わめくリリアナだったが、修道士たちは聞く耳を持たない。突き飛ばすように、リリアナを祭壇《さいだん》の奥に押し戻した。

「お、お前たち！　よくもリリアナを――！」

いきり立つクリスを、司教がなだめようとする。

「どうか落ち着いてください、クリス殿下。仕方ないことなのです」

「これが仕方ないで済ませられるか！　リリアナは私の婚約者でもあるのだぞ⁉」

「……聖女候補でない彼らは、祭壇《さいだん》に足を踏み入れることができません。聖女候補リリアナに祈りを続けさせるには、ああするしかないのです」

司教の声は真剣そのものだ。

「ああ、あああ、やめて、嫌ぁあああああああああああ‼」

祭壇《さいだん》の上でリリアナが絶叫する。

「助けてっ、神様ぁっ……どうかこの悪夢から私を守ってください！　祈りますから！　一生懸命祈りますからぁ……！」

ひざまずき、手を組んで瞑目《めいもく》するリリアナの姿は、神聖などではなかった。

そこにいるのは耐えがたい恐怖にさらされ、神に助けを乞《こ》う惨《みじ》めな女でしかない。

「……司教。これはなんなのだ？　お前たちの言う祈祷《きとう》とはなんだ？」

呆然としたクリスの問いに、司教は静かに応じた。

「魔神を鎮《しず》めるための儀式です。聖女候補がこの祭壇《さいだん》の上で神に祈りを捧《ささ》げることで、魔神の封印は保たれます」

「では、なぜリリアナはああも苦しんでいる！　神の加護はどうした！」

聖女候補の持つ神の加護は、あらゆる穢《けが》れを撥《は》ねのける――クリスは王城でそう習った。彼女たちが行使する浄化の力は途轍《とてつ》もなく強力だ。どんなにおぞましい怨霊《おんりょう》だったとしても、実体を持たないものが彼女たちを害することは決してできないはずなのだ。

クリスは司教を睨《にら》みつけるが、彼は目を伏《ふ》せて首を横に振った。

「それは違います、殿下。加護があるからあの程度で済んでいるのです」

「なに？　どういう意味だ！」

冷静さを失うクリスを諭《さと》すように、司教は言葉を続けた。

「魔神は自らを封印した神と人間を憎《にく》んでいます。その怨念《おんねん》が、祈祷《きとう》を捧《ささ》げる聖女候補たちに想像を絶するほどの精神汚染を与えるのです」

「精神汚染だと……？」

息を呑んだクリスに、司教は頷く。

「はい。彼女たちは祈祷《きとう》を行《おこな》っている間、魔神によって常に幻覚《げんかく》を見せられています。かの最上位アンデッド、リッチが赤子に思えるほどの強烈な汚染です。神の加護がない常人なら、数秒で正気を失ってしまうことでしょう」

リッチが赤子に思えるような。

その言葉に、クリスは背筋を震わせた。

リッチといえば一体で一国の軍隊に匹敵《ひってき》するといわれる強力な魔物だ。

リリアナがさらされている精神汚染は、それよりはるかに強いという。

怯《おび》えるような目をするクリスを見て、司教は再び口を開く。

「聖女候補たちの祈祷《きとう》とは過酷《かこく》なものです。今まで私は何人も心を病《や》み、教会を去った聖女候補たちを見てきました」

「そ、そんなバカな話があるか！　今までリリアナはそんな素振《そぶ》りは見せなかったぞ⁉」

クリスはたまに教会にやってきては聖女候補たちと触《ふ》れ合っていたが、誰一人として心を病《や》むほど苦しんでいた者はいなかった。

クリスの問いに司教は即答する。

「それはセルビアがいたからに過ぎません」

「セルビアだと……？　なぜあの女の名前が出てくる？」

予想外の名前を出されて困惑するクリスに、司教は続ける。

「元聖女候補のセルビアは、尋常ではない加護と精神力の持ち主でした。並みの聖女候補なら一時間ともたずに限界を迎える祈祷《きとう》を、毎日十時間以上も続けていたのです」

「バカな、あんな恐ろしい行為を、十時間だと？　それも毎日……？」

そんなはずはない、とクリスは思った。

リリアナはあんなに苦しんでいるのに、あんな女にそんなことができるわけがない。

それではまるで――あのセルビアが、聖女の役目にふさわしいとでもいうようではないか。

愕然《がくぜん》とするクリスに、司教はさらに言う。

「殿下は先ほど『惨《むご》い』とおっしゃいましたな。ですが、これが本来の聖女候補というものなのですよ。今までのような、セルビアが一人で何人分もの祈祷《きとう》を肩代わりしていたことのほうが異常だったのです」

「これが……本来の聖女候補の姿だと？」

「はい」

クリスは呆然と目の前の光景を見た。

大きな石碑《せきひ》のある祭壇《さいだん》。

そこで泣きじゃくりながら祈りを捧《ささ》げる聖女候補《リリアナ》。

そんなリリアナを逃がさないよう、祭壇《さいだん》を取り囲む修道士たち。

それは今までクリスの想像していた聖女のイメージとはかけ離れていた。

（これではまるで、強制労働させられる囚人のようではないか……）

言葉を失うクリスを励ますように司教が言う。

「心配には及びませんよ、殿下」

「なに？」

「かつての聖女候補たちは、この程度の祈祷《きとう》でこんなに取り乱したりはしませんでした。セルビアに頼りすぎたことで、少々他の聖女候補たちがなまっているようですが……時間をかけて慣らしていけば祈祷《きとう》にも耐えられるようになるでしょう」

時間をかけて慣らしていけば。

それはつまり、司教にはこの状況を改善する意思はないということだ。――愛《いと》しいリリアナがあんなにも苦しんでいるというのに！

クリスは眉を吊り上げて怒鳴るように言った。

「即刻リリアナをあそこから出せ！　リリアナが可哀想だ！」

「残念ですが、それはできません。彼女たちが祈祷《きとう》をやめれば魔神が復活してしまいます」

「私にリリアナを見殺しにしろというのか!?」

「は、はぁ……？　そう言われましても……」

声を荒らげるクリスに、司教は反応に困ったように眉根を寄せる。

どんなにリリアナが気の毒でも、国を守ることには代えられない。これればかりはクリスがどんなに癇癪《かんしゃく》を起こしても変わらないのだ。

何もしようとしない司教に、クリスはなおも苛立《いらだ》つ。

「もう、無理ですっ……！　死んじゃう！　これ以上は本当にっ、クリス様、助けて！　ここから出してくださいぃいいい……！」

祭壇《さいだん》ではリリアナが助けを求めるように叫び声をあげている。

それを聞いて、クリスはついに行動に出た。

「言うことを聞かないというのなら――アレン、バラック！　司教と修道士を押さえろ！」

「「はっ」」

クリスは護衛騎士の二人に司教と修道士を取り押さえさせた。

「な、何をするのです！」

司教が叫ぶのも構わず、クリスは祭壇《さいだん》へと向かう。

「リリアナ、無事か！」

「はあ、はあ、クリス様ぁ……！」

這《は》うように祭壇《さいだん》から下りてくるリリアナに、クリスは手を差し伸べた。

「ああ、私の愛《いと》しいリリアナ。よく頑張ったな。ゆっくり休むといい」

クリスはリリアナを支え、満足げな笑みを浮かべる。

そんな二人に司教は血相を変えて叫んだ。

「いけません、殿下！　聖女候補リリアナを祭壇《さいだん》に戻してください！」

「しつこいぞ司教！　これ以上リリアナを苦しめるな！」

「違います、そうではないのです！　絶対に、聖女候補による祈りを片時も絶やしてはならないのです！」

「だからしつこいと――」

言い募る司教にクリスが言い返そうとした、その瞬間。

クリスの背後で祭壇《さいだん》の中央にある石碑《せきひ》が光った。

振り返ったクリスは、その光景に目を見開く。

「何事だ⁉」

石碑《せきひ》は禍々《まがまが》しい赤い光を地下空間の全体に撒《ま》き散らす。

やがて真っ赤な光はひとかたまりになり、天井《てんじょう》めがけて飛んでいく。

それは天井《てんじょう》にぶつかり、そこに染み込むように消えていった。

「なんだったんだ……？」

呆然とするクリスの隣では、司教が声にならない呻《うめ》き声を漏らしていた。まるで取り返しのつかない失敗を犯してしまったように。

「ああ、あああ……」

「なんだ？　言いたいことがあるならはっきり言え！」

「まずいことになりました」

司教は真《ま》っ青《さお》な顔で、クリスに言う。

「――魔神の封印が緩みました。王都近郊に『迷宮《めいきゅう》』が現れます」

▽

「それで、貴様らはおめおめ負けて帰ってきたのか？」

冒険者ギルドのロビーで、エドマークが冷ややかに言う。

エドマークの前にいるのはSランクパーティ『金色の獅子』の四人だった。

普段と異なり装備はボロボロで、表情にもいつもの偉そうな雰囲気はない。

書類をめくりながらエドマークは再び口を開いた。

「確か、貴様らは今日、火竜《かりゅう》の討伐《とうばつ》依頼を受けていたな。それで、討伐《とうばつ》された火竜はどうした？」

「……ねえよそんなもん！　一回失敗したくらいでしつこいんだよ！」

逆上してロレンスが言うが、エドマークはフンと鼻を鳴らしただけだった。

「失敗したくらいで？　貴様らはSランクパーティなのだぞ。下位のAランク任務に失敗されては、Sランクに認定したギルド側の立場がない」

「ぐっ……！」

エドマークの言葉に、ロレンスは悔《くや》しそうに押し黙る。

そう、ロレンスたち『金色の獅子』は、火竜討伐《とうばつ》の依頼を達成できなかった。Aランクの魔物である火竜に返《かえ》り討《う》ちに遭《あ》ったのだ。

エドマークに好きに言われて反論しないのは、そのせいだ。

しかし、ロレンスたちにも言い分はあった。

「普段なら負けるはずはなかった！　だけど、今日は様子がおかしかった。魔物がやたらと強くなってやがったんだ！　なあ、そうだよなお前ら⁉」

ロレンスが振り返ると、『金色の獅子』のメンバーは大きく頷いた。

「間違いないぜ、ギルマスさんよ」

「ロレンスの言うことは正しい。火竜だけでなく、道中の魔物も不自然に強くなっていた。数日前にはなかったこと」

ロレンスに続き、年長の戦士キースや、冷静沈着《れいせいちんちゃく》な魔術師ミアもそう言う。

寡黙《かもく》な武闘家ニックも、言葉こそなかったが首肯《しゅこう》していた。

そんな彼らを見て、エドマークは考え込むように顎《あご》に手をあてる。

「魔物が強くなっていた、か。……確かにそういう報告はここ数日いくつも受けているな」

「ほ、ほら見ろ！　そうじゃねえか！」

ロレンスが調子づいて言うと、エドマークは呆《あき》れたように首を横に振る。

「だからといって、依頼に失敗した言い訳にはならんぞ。Aランクの魔物が多少強くなったくらいで簡単に負けてもらっては困る」

「う、うるせえ、次は負けねえ！　俺たちはこの国で唯一のSランクパーティだぞ⁉　うだうだ言ってくるんじゃねえ！」

「……はぁ」

顔を真っ赤にして怒鳴《どな》り散らすロレンスに、エドマークは溜め息を吐《つ》いた。聞き分けのない子供を相手にしているように。

「やはり貴様らにSランクパーティの肩書きは、まだ早かったのかもしれんな……」

「なに？　どういう意味だ⁉」

「未熟だと言っているのだ。だからハルク殿に世話役を頼んだのに、勝手に追い出したりなどしおって」

エドマークがそう言った瞬間、ロレンスの眉がつり上がった。

「──あいつは怪我《けが》して役に立たなくなったんだ！　だから捨てた、何がおかしいってんだ！」

ロビーの床を踏み抜く勢いで地団駄《じだんだ》を踏み、ロレンスが激昂《げっこう》する。

ハルクという名前はロレンスにとって一番耳障《みみざわ》りなもののようだ。

「怪我《けが》か。怪我《けが》といえば、こんな噂《うわさ》を小耳に挟《はさ》んだな」

エドマークはすっと目を細める。

「儂《わし》はずっと疑問だったのだ。あれだけ強いハルク殿がなぜ怪我《けが》などしたのか」

「……何が言いてえんだよ」

「噂《うわさ》の内容はこうだ。ハルク殿は味方を庇《かば》って怪我《けが》をした。実力に不相応な高ランクの魔物に挑もうとした愚《おろ》かなパーティの仲間を、自らが盾になり守ったのだと」

「──ッ、な、なんのことかわからねえな」

吐き捨てるように言うロレンス。

しかしその目は、動揺したように泳いでいる。図星を指されたのが丸わかりだった。

ロレンスの背後で、ミアとキースが揃《そろ》って小さく嘆息する。

その反応に、エドマークは噂《うわさ》が真実だったのだと察した。

最強の『剣神』ハルクが戦闘に支障をきたすほどの大怪我《おおけが》をしたのは、おそらくはロレンスたちのせいだったのだと。

「と、とにかく、火竜の討伐《とうばつ》任務は明日片付ける！　それで文句ねえだろ！」

誤魔化《ごまか》すようにそう噛みついたロレンスを、エドマークは呼び止めた。

「待てロレンス。ひとつ条件がある」

「なんだよ！」

「貴様らの最近の行動は目に余る。ハルク殿を勝手にパーティから追い出したり、Aランク任務で失敗したりな。よって、次に火竜の討伐《とうばつ》依頼を失敗した場合、Sランクパーティの地位を剥奪《はくだつ》する」

「なっ……」

ロレンスはぎょっとしたように目を見開く。

「ふざけてんのか!?　俺たちをSランクから降格させるって、そんなことあってたまるか！」

「儂《わし》は今まで貴様らを甘やかしすぎた。しかし、これからはそうはいかん。降格が嫌ならきちんと功績を上げてこい」

「クソジジィ……！」

ロレンスは殺気のこもった目で睨《にら》みつけるが、エドマークが意見を変える様子はない。

どうやら本当に、エドマークは次の失態で『金色の獅子』のランクを下げるつもりらしい。

「話は終わりだ。わかったら、さっさと明日の準備でもするんだな」

エドマークがそう言ってロレンスたちとの話を打ち切ってしまう。

ロレンスが怒鳴《どな》り声をあげようとした、そのとき――

「ギルドマスター！　ギルドマスター殿はおられるか⁉」

豪奢《ごうしゃ》な修道服を着込んだ老人が、ギルドのロビーに入ってきた。

エドマークが意外そうな顔をして、老人を迎える。

「おお、これは司教殿。どうなさったのですか」

「大変なことが起こりました！　ただちに冒険者を集めてください！　すぐに討伐隊《とうばつたい》を組まねば……！」

老人は何やら慌《あわ》てているらしく、ロレンスたちなど目に入っていないようだ。

エドマークは尋常ではなさそうな老人の様子を見て、険《けわ》しい顔をしながら話しかける。

「どうか落ち着いてください、司教殿。何があったのか順番に話していただきたい」

ロレンスは訝《いぶか》しげにその老人を見ながら、口を開いた。

「……なんだよこいつ。どこぞの貴族か？」

その問いに、ロレンスの隣にいた魔術師ミアが首を横に振る。

「違う。ルドン司教。この街の教会を管理する人物」

「ふーん。要するに坊主《ぼうず》のお偉いさんってことか」

「だいたい合ってる」

そんなやり取りをする二人の前で、老人――ルドン司教は焦《あせ》った様子でエドマークに話し続ける。

「緊急事態です。王都のそばに『迷宮』が出現したのです！」

「『迷宮』ですと……？　それは本当ですか⁉」

「我々も報告を受けたばかりですから、詳しくはわかりません。ですが、その可能性が極《きわ》めて高いと思われます」

ルドン司教は一瞬だけ何かを誤魔化《ごまか》すように目を逸《そ》らし、そう告げた。

エドマークはルドン司教のそんな仕草には気付かず驚愕《きょうがく》の表情を浮かべる。

そんな二人のやり取りを見てロレンスは首を傾げた。

「『迷宮』ってなんのことだ？」

「……聞いたことがある。大量の魔物の棲《す》み処《か》。確か、この国に封印された魔神と関係があったはず」

「魔神ねえ」

ミアの説明に、どこか他人事《ひとごと》のような呟きを漏らすロレンス。

ロレンスだけでなく、もともと『金色の獅子』のメンバーたちはこの国の出身ではないので、博識のミアを除いて魔神に関する知識はあまりないのだ。

「で、『迷宮』ってのが出ると何かまずいのか？」

ロレンスの質問に、ミアは少し考えてから答えた。

「……私が学院時代に読んだ文献《ぶんけん》によれば、『迷宮』には主《ぬし》がいて、その主《ぬし》を倒さないとそれは消えない。そして『迷宮』を放置すると魔物があふれ出てくる。何十年も前に実際にそうなった。魔物が『迷宮』から大量に現れて――確か、街三つ分の人間が皆殺しにされたらしい」

「……なるほどな。どうりであいつらが焦《あせ》っているわけだ」

王都のそばで魔物の大発生が起これば、国の機能が止まりかねない。それが本当なら王国存亡の危機とすら言える。

司教は身を乗り出して大声をあげた。

「すぐに冒険者を集めてくだされ、ギルドマスター殿！　そして一刻も早く『迷宮』の殲滅《せんめつ》を！」

「そうですな。まずは調査隊を組んで――」

「そんなことでは遅いのです！」

「は、はぁ……？　しかし、調査もせんことには動きようがないと思いますが」

何かに焦《あせ》るように唾《つば》を飛ばす司教を見て、エドマークが目を白黒させる。

ロレンスから見ても司教の様子は明らかにおかしかったが、まあどうでもいいかと意識の端においやる。

それよりも、ロレンスには注目すべき情報が今の状況にはあった。

「……いいじゃねえか」

「何が？」

ミアの疑問に、ロレンスは名案を思いついたように笑みを浮かべた。

「俺たちで、『迷宮』の主《ぬし》をぶっ倒すんだよ。そうすりゃ俺たちは王都を救った英雄だろ。エドマークだってSランク降格なんてできっこなくなる。奴の悔《くや》しがる顔が目に浮かぶぜ」

ロレンスの提案に対して、『金色の獅子』の面々は驚いた顔をしたが、すぐに揃《そろ》って首肯《しゅこう》した。

「賛成。それがいい」

「最近舐《な》められっぱなしだし、ここらで俺たちの実力を見せつけるのも悪くねえなあ」

「……素晴らしい提案だ。我らこそがSランクにふさわしいと証明しよう」

ミア、キース、ニックが口々に同意を示す。

「決まりだな。すぐに出発するぞ、他の連中に獲物《えもの》を獲《と》られたら笑えねえ」

ロレンスの言葉に他三人も頷き、彼らは冒険者ギルドを出た。

彼らの中に、自分たちが敗北するなどという思考は存在しなかったのである。

# 第五章　港町ポートニア

港町ポートニアは、王都の南東にある海沿いの交易都市だ。

海に近いだけでなく、南の国境にも近いため他国からの旅人や商人が多く出入りする。そのことから、ポートニアはこの国における玄関口の役割を果たしているそうだ。

王都を出発した翌日、幽霊騒ぎやら色々あったものの、私たちは無事目的地へとたどり着いた。

「わあ、人が多いですね！」

「王国で一番人口が多い街だからね」

ポートニアにやってきた私は、街並みを見て感動してしまう。

教会から見える整然とした王都の街並みしか知らなかったけれど、ここは全体的に賑《にぎ》やかだ。活気がある、と言ってもいいかもしれない。

漂《ただよ》ってくる潮の香り。多種多様な旅装束《たびしょうぞく》に身を包んだ通行人たち。屋台や露店《ろてん》から響いてくる呼び込みの声。

知覚する情報のすべてが、私の心を浮き立たせてくる。

私があたりを見回していると、ハルクさんは口を開いた。

「さて、まずは当初の目的通り船の運航予定を確認して、行き先を決めたいところだけど……」

「そ、そうですよね」

実は、私たちは旅の目的地をまだ明確に決めていない。ポートニアから出ている船の日程は流動的で、目的地を決め打ちしておくと船が出るのをかなり待たなきゃいけないことがあるからだ。

船のスケジュールに合わせて行き先を調整するのが、船旅のコツなんだとか。

私がどうしようかと考えていると、ハルクさんはくすりと笑う。

「まあ、先に街の観光でもしようか」

「え？　い、いいんですかっ？」

「さっきからセルビアがうずうずしてるからね」

「う……」

くすくす笑いながらハルクさんにそんなことを言われる。どうやら私が浮かれているのは筒抜《つつぬ》けだったらしい。

「船の日程確認は後でもできるし、まずは市場でも見て回ろうか。珍しいものもたくさんあるだろうし」

「はいっ！」

そんなわけで、私たちはもっとも賑《にぎ》わう街の一角《いっかく》へと向かった。


ポートニアは王国の中でも指折りの交易都市だ。

そのため、市場で売られる商品は見たこともないようなものがたくさんある。

露店《ろてん》には海の向こうから運ばれてきた織物、工芸品、珍しい鉱石を使ったアクセサリーなんかが、あふれんばかりに並んでいた。

ハルクさんの後ろについて市場を歩いていると、出店のおじさんが声をかけてくる。

「嬢ちゃん嬢ちゃん、この箱の出っ張りを押してみな」

「え？　わかりまし――ってえええええっ!?　なんか変形したんですが！」

「はははははっ！　いい反応だな嬢ちゃん！　そう、これぞ瞬間開放式の実寸大カニ模型《もけい》さ！　ひとつどうだい？」

おじさんは軽快に笑うけれど、私は呆気《あっけ》に取られて口がふさがらない。

見た目はただの四角い箱だったのに、ボタンを押すとガシャガシャガシャッ！　と変形して、一瞬でカニの模型《もけい》になってしまったのだ。もう訳がわからない。

けれど、そんなものにも私は目を輝かせて見入ってしまう。

この場所にはとにかく、私の見たこともないようなものがたくさんあった。

おじさんに頭を下げて、私たちは再び歩き出す。

あちこちに目移りしている私を苦笑交《ま》じりに見ていたハルクさんだったけど、とある露店《ろてん》の前でふと足を止めた。

「……ん？　あ、セルビア、ちょっと待った」

「はい？」

そこは衣類を扱っている店だった。

これも交易品なのか、見たこともないような形のものも展示されている。

「セルビア、ちょっとこれ着てみてくれる？」

「は、はい」

ハルクさんが手に取ったのは、私でも着られそうなサイズのローブだった。

試着とかしていいんだろうかと思ったけど、露店商《ろてんしょう》は営業スマイルを浮かべている。大丈夫そうだ。

ローブを着てみると、動きやすくて着心地がいい。派手すぎない色合いも好みだ。

動いたりその場で回ったりして感触を確かめる私を見て、ハルクさんは尋ねてくる。

「セルビア、どうかな？」

「はい！　とっても着心地がいいです」

ハルクさん感想を聞かれて答えていると、露店商《ろてんしょう》が説明をしてくれた。

「お客さん、お目が高いですね。それは耐衝撃ローブですよ」

「耐衝撃ローブ？」

「特別な糸と製法で作られておりましてね。受けた衝撃を吸収する効果があるんです。なかなか出回らないんですよ」

ハルクさんに視線を向けると、うんと頷いていた。どうやらハルクさんは、その効果を見抜いて私に試着させていたようだ。

「店主、これを買います」

「毎度ありがとうございます！」

そんなわけで購入することに。

かなり高価だったけど、ハルクさんは私の財布からは一ユールも出させてくれなかった。

申し訳なくて見上げると、ハルクさんはそれに気付いて私に微笑む。

「僕が勝手に選んだものだし、気にしなくていいよ」

「でも、さすがに私が着るものまで買ってもらうのは……」

「ほらセルビア、あっちに大道芸人がいるよ。見ていこうじゃないか」

「ハルクさん、私のこと子供か何かだと思ってませんか」

ハルクさんは話題を逸《そ》らして人だかりのあるほうに進んでいってしまった。

私は釈然《しゃくぜん》としない気分になりつつ、自分の財布の中身を覗《のぞ》く。

私たち二人の資金管理は、『依頼を受けたら二人で山分け』方式をとることにした。

まあ、冒険者として仕事をしたのは先日のゴブリン退治くらいだけど……実はあの依頼、達成報《ほう》酬《しゅう》以外にも稼《かせ》ぎは上がっていたりする。ゴブリンの牙《きば》や爪は武器や防具の素材になるので、冒険者ギルドが買い取ってくれるのだ。

ゴブリン一体からとれる素材は少ないけれど、倒した数が数なので売却金はそれなりに大きな額になった。

その半分をもらっている状態なので、私の財布もそこそこ潤《うるお》っているんだけど、どうやらそういう問題ではないらしい。

そのうち何かで返そう。うん。

そんな感じでハルクさんの背を追い、ポートニアの市場を巡ることしばし。

ぐう、と私のお腹からなんだか情《なさ》けない音が鳴った。

「……セルビア、もしかしてお腹減った？」

「…………はい……」

冷静に考えたらもうお昼過ぎだ。ずっと興奮状態で露店《ろてん》や屋台を見て回っていた私の体が、空腹を訴えるのは当然だった。

私は顔を熱くして、ハルクさんを見上げる。

「だ、だって仕方ないじゃないですか。あちこちから美味《おい》しそうな匂いがするんですから」

「あはは、そろそろお昼にしようか。そうだなあ、どの店が――」

「へいらっしゃい、ポートニア名物のポートニア焼きが出来立てだよ！　この街で一番人気、新鮮な魚介をたっぷり使ったポートニア焼きはいかがですかー！」

声のしたほうを見ると、そこには行列を作っている一軒の屋台が。しかも、とてもいい匂いが漂《ただよ》ってくる。

私とハルクさんは無言で頷き合い、その屋台にしばらく並んで、売られているものを買ってみた。

「これがポートニア焼きですか……ごくり」

「あたりに広がってたいい匂いの元はこれか……」

この街の名物だというそれは、薄焼きパンにたくさんの野菜と、焼いたり揚げたりしてある貝や魚を挟《はさ》んだものだった。

中身にはいくつか種類があり、私は白身魚のフライ、ハルクさんはいかにも辛《から》そうな赤いソースであえた揚げ海老《えび》がメインになっている。

ちなみに、どちらもパンからあふれそうなボリュームである。

さっそく一口かぶりついてみる。

「……ん〜〜〜〜っ！」

途端に口いっぱいに広がる魚の旨味《うまみ》。

塩の効いたフライは、衣《ころも》はぱりっと、中はふわふわに仕上がっていて文句のつけようもない。

肉厚な白身魚は噛むたびに汁が溢《あふ》れてきて食べ応えがある。

さらにそれだけでは単調な味になるところを、ライムの果汁でも使ってあるのか、爽《さわ》やかな酸味で補《おぎな》っていた。

お、美味《おい》しい……！

この味ならあれだけの行列ができるのも納得だ。

「美味《おい》しいですね、ハルクさん！」

「そうだね。僕もこれはちょっと驚いたな……」

「ハルクさんのほうはどんな味がするんですか？」

私がふと尋ねてみると、なんてことなさそうにハルクさんがこんなことを言った。

「ああ、よかったら食べてみる？」

「えっ」

こともなげに、はい、と差し出される揚げ海老《えび》のポートニア焼き。

あれ、なんだろう。

こういうの気にするのって私だけなんでしょうか。

私が躊躇《ためら》っていると、ハルクさんは首を傾げる。

「あれ、いらなかった？」

「い、いえ、そういうわけでは……いただきます」

ありがたく一口《ひとくち》分けていただくことに。

ハルクさんが選んだ揚げ海老《えび》メインのポートニア焼きは、ソースの見た目通りかなり辛《から》かった。

海老《えび》の甘みを野生的に変貌《へんぼう》させたその味付けは刺激があって、やみつきになりそうな味わいだ。

食べた瞬間口の中がかっと熱くなるけれど、たくさん挟《はさ》まれた野菜が和《やわ》らげてくれている。

うん、とても美味《おい》しい。

それはいいんだけど、なんだか周囲から注目を浴びているような……

私はおずおずと、揚げ海老《えび》のポートニア焼きを返す。

「あ、ありがとうございました、ハルクさん」

「そんなちょっとでいいの？　もっと思いっきり食べてよかったのに。……あ、セルビアのほうも分けてもらっていい？」

「……ど、どうぞ」

おそるおそる私の白身魚フライのポートニア焼きを差し出すと、ハルクさんが口を寄せて一口《ひとくち》かじった。

緊張している私とは対照的に、ハルクさんは「こっちも美味《おい》しいね」などと呑気《のんき》そうに言っている。

「……ハルクさんって女性慣れしているんですか？」

私が訊《き》いた瞬間、ハルクさんは盛大に咳《せ》き込んだ。

「げっほげほっ！　な、なんでそんな話になるの？」

「だ、だって、こんな自然に食べさせ合いっこなんて普通しないじゃないですか！」

いや知りませんけど！

でも今の状況は、教会の本棚で見つけた女性向け小説の主人公とあまりにも酷似《こくじ》しすぎている。

さすがにこんなこと現実ではないですよねー、なんて思っていたのに、まさか自分が当事者になる日が来ようとは。

私の言葉に、ハルクさんが「あー……」となんとも言えない呟きを漏らす。

「なんていうか、冒険者同士だとこういう回し食べみたいなのって日常茶飯事《にちじょうさはんじ》だから……ごめん、いつもの癖《くせ》で」

「あ、そういうことでしたか」

確かに泊まり込みで魔物討伐《とうばつ》なんてしようものなら物資も心もとなくなるわけで、そういう状況なら間接どうこうなんて気にしていられないだろう。

「てっきりハルクさんはそういった経験がものすごく豊富なのかと」

「酷《ひど》い誤解だよ……」

どこか気まずそうに目を横に逸《そ》らすハルクさん。

なんというか、こういう表情のハルクさんは珍しい。

もしかしたら恋愛方面は、得意どころかむしろ苦手なのかもしれない。

同行者の意外な一面に新鮮さを感じながら、私たちがその後もポートニア観光を続けていると――

楽しい時間は唐突に終わりを告げた。

「おい、なんだあれ⁉」
「上から何か来るぞ！」

道行く人たちから驚いたような声が飛ぶ。
つられて上を見て、私もぎょっとした。
「竜？　それも二体……？」
私の隣でハルクさんが呟く。
そう、頭上にいたのは二体の竜。しかも野生ではなく、背には人が乗っている。
人を乗せた二体の竜は私たちの真上で下降を始め、道のど真ん中に着陸した。
私が驚いていたのは竜を見たからじゃない。
飛竜の背から人が降りてくる。合計三人。
その中の一人が私を見て声をあげた。
「見つけたぞ、悪女セルビア！　よくも私の手を煩《わずら》わせてくれたな！」
そこにいたのは見覚えのありすぎる、金髪の美青年。

……え、なんでこの人がここに？

私はぽかんと口を開けることしかできない。

通行人たちはその場から離れつつも、見物するようにちらちらと視線を送ってくる。

「まったく、いたら迷惑なくせにいなくなったあとでも私に迷惑をかけるとは……つくづく貴様はろくでもないな、セルビアよ」

上から目線でそんなことを言ってくるのは、私の元婚約者にして、私を教会から追放した張本人である王太子クリス様だ。

「……クリス様。なぜここに？」

「貴様らがこの街に来ていることはすぐに調べがついた。とはいえこのポートニアはさまざまな行き先のある交易都市だ。のんびりしていては貴様らがどこかに移動してしまうだろう。そうなる前に貴様たちを見つけ出すため、わざわざ王家の所有する飛竜に乗ってここまでやってきたのだ」

クリス様は自慢げにそんなことを言う。

どうやらクリス様は王都で私とハルクさんの足取りを調べ、飛竜まで使って追ってきたようだ。

飛竜――特に人が乗れるほど調教された個体は希少なので、王族であっても滅多《めった》に扱うものじゃないのに。

クリス様はずかずか歩み寄ってきて私の腕に手を伸ばしてくる。

「そういうわけだ。さっさと来い」

「ちょっ……」

「本来なら貴様のような者を王家の飛竜に乗せるのは有り得んが、事態が事態だけに仕方ない。光栄に思え」

そのとき、私の腕を引っ張ったクリス様の手をハルクさんが横合いから掴んで止めた。

そして私を庇《かば》うように、ハルクさんが前に立つ。

クリス様は眉根を寄せて、ハルクさんを見つめた。

「……なんだ貴様は？」

「初めまして、クリス殿下。僕は彼女とパーティを組んでいる冒険者です」

「冒険者風情《ふぜい》が私に触《ふ》れていいと思っているのか？」

クリス様の睨《にら》みつけるような視線にも、ハルクさんはまったく動じた様子がない。

「これは失礼しました。しかし、殿下のお話は急すぎます。事情も説明せずにセルビアを連れ去ろうというのは、仲間として見過ごせません」

私はハルクさんの陰から大きく頷いておく。

まったくもってその通り。事情も説明せずいきなり連行しようとするなんて、いくら王族でも横暴すぎる。

「冒険者ごときが……。まあいい、どうせ説明は必要になるのだからな」

クリス様は咳払《せきばら》いし、高々と言い放った。

「――喜べセルビアよ。貴様を再び私の婚約者候補にしてやろう」

空気が凍《こお》った。

今この人は、なんと言ったのだろう。

まさか私に、数日前に一方的な婚約破棄《はき》を言い渡したこの私に、婚約者に戻してやるなんて言いましたか？

あまりの言葉に私が固まっていると、ハルクさんが代わりに話を進めてくれる。

「セルビアはすでに教会を追放され、聖女候補の身分も剥奪《はくだつ》されていると聞きましたが？」

「だからそれを取り消してやろうと言っているのだ！　私としても、こんなおぞましい女が再び教会に戻ってくるのは不本意だがな」

クリス様が汚いものでも見るような目で見てくる。

相変わらずこの人は私のことを誤解しているようだ。

訂正しても、どうせ信じてもらえないんだろうけど。

「では、なぜそこまでしてセルビアを連れ戻そうとするのです？」

ハルクさんの質問にクリス様は忌々《いまいま》しげな顔で答えた。

「……王都近郊に『迷宮』が現れた。その対処のために、その女の力が必要なのだ」

「――『迷宮』!?」

私は愕然《がくぜん》として叫んだ。

そんな、有り得ない！

「セルビア、『迷宮』というのは？」

そういえば、前にハルクさんはこの国の出身ではないと言っていた。それなら知らないのも無理はないだろう。私は手短に説明する。

「『迷宮』というのは魔物の巣窟《そうくつ》です。『迷宮』の最奥《さいおう》には主《ぬし》がいて、その主《ぬし》を倒さない限り永遠に魔物を生み続ける……ですがそれは本質じゃありません。『迷宮』の存在意義は生贄を集めることです」

「生贄《いけにえ》を集める……？」

ハルクさんの言葉に私は頷く。

「『迷宮』は魔物を生んで人間を殺させ、大量の魂《たましい》を集めます。そしてその魂《たましい》は『迷宮』の主《ぬし》に溜め込まれていき、やがてそれが一定の量に達すると、『迷宮』の主《ぬし》は依《よ》り代《しろ》に変化すると言われています。……魔神復活のための依《よ》り代《しろ》です。『迷宮』は、魔神を復活させるための装置でもあるんです」

魔物たちの巣窟《そうくつ》にして、魔神を復活させる最悪の装置。それが『迷宮』だ。

そんな『迷宮』を放っておけば、確かに王都は大変な被害を受けることだろう。

ハルクさんは眉根を寄せる。

「確かにまずいことだとは思うけれど……『迷宮』の中に人が入らなければ大丈夫なんじゃないの？　いくら大量の魔物がいたって、人間が近づかなければどうにもならない」

「最初はそうかもしれません。けど、時間が経つと『迷宮』の中から魔物があふれてきます。かつてはそれで大勢の人が亡くなりました」

私がハルクさんに伝えたのは、迷宮暴走《スタンピード》という現象だ。

長期間放っておかれた『迷宮』は、大気や土中から魔力を集めて勝手に成長する。そして魔物を放出し、近くの人間の集落を襲うのだ。

「……なるほど。大変な事態だ」

納得したようにハルクさんが呟いた。

頷きながらクリス様が補足する。

「今は他の聖女候補たちが総出で対応しているが、現状維持がやっとのようだ。魔神の力を撥《は》ねのけて封印し直すには、業腹《ごうはら》だがその女の力が必要になる」

「……」

私にはどうしても納得できないことがあった。

「クリス様。そもそもなぜ『迷宮』が出現したのですか？　祈祷《きとう》が続けられている限り、魔神の能力は発動しないはずです」

教会の祭壇《さいだん》では聖女候補が入れ替わりで絶えず祈りを捧《ささ》げている。

その状態が維持できていれば、『迷宮』なんて現れるはずがない。

私の質問に、クリス様はなぜかうろたえながら口を開く。

「そ、それは……祈祷中《きとうちゅう》の聖女候補が逃げ出そうとしたからだ」

「それもおかしいです。祭壇《さいだん》のそばには見張りの修道士がいたはずですから」

私はクリス様の答えに、すぐに反論する。

かつて一度『迷宮』が現れたときの教訓から、教会では必ず祈祷《きとう》の際に複数人の修道士がつくことになっている。祈祷《きとう》に耐えかねた聖女候補が逃げ出すのを止めるために。

場合によっては教会の管理者である司教様もその場にいることもある。

そんな状況下で、聖女候補の祈祷《きとう》が途切れるとは考えにくい。

「……」

黙り込むクリス様。何か怪しい。

冷静に考えると、聖女候補が祈祷《きとう》をやめるためには、見張りの修道士を排除しなくてはならない。

けれど聖女候補に攻撃的な力はない。

となると、誰かが代わりに見張りの修道士を排除したことになる。

それができるのは、見張りの修道士たちよりも目上の人物。思い当たるのは司教様の他にはもう一人しかいない。

「……まさか、クリス様が何かしたんですか？」

私が聞くと、クリス様はわかりやすく目を泳がせた。

「そ、そんなわけがないだろう」

「ですが他に考えられません。教会の人たちは、祈祷《きとう》に関することだけは絶対に戒律《かいりつ》を守ります。そうしなければ厳罰に処されますから」

例えば見張りの修道士たち。

彼らはうっかり聖女候補が逃げようとするのを止《と》め損《そこ》ねれば、教会地下の牢獄《ろうごく》に閉じ込められる。死ぬまでずっとだ。そして自らの行《おこな》いを一生後悔し続ける。

それほどまでに厳重な戒律《かいりつ》が定められているのに、破られるなんて普通じゃない。

私は眉をひそめて、クリス様をじっと見据《みす》える。

「本当に、クリス様は何もしていないんですか？」

「チッ……！　だったらなんだ！　そうだ、私がリリアナを不憫《ふびん》に思って助け出したんだ！　それがこんなことになるなんて、予想できるわけがないだろう！」

やっぱり！

リリアナは、私と年の近い聖女候補の一人だ。人を貶《おとし》めるのが得意で、よく他の聖女候補の陰口を叩いたり、世話役の見習い修道女たちを虐《いじ》めたりしていた。

聖女候補の中では一番クリス様と仲が良かったので、暫定《ざんてい》婚約者だった私をもっとも疎《うと》ましく思っていたのはおそらくこのリリアナだろう。証拠《しょうこ》はないけど、私が教会を追放された件の首謀者は彼女じゃないかと予想している。

どうやらクリス様はそのリリアナの祈祷《きとう》を見てしまい、彼女を祭壇《さいだん》から連れ出したようだ。

確かに、王太子であるクリス様に押し切られれば、戒律《かいりつ》を守る修道士たちであっても強くは出られない。

それが『迷宮』出現の経緯なんだろう。

「クリス様が原因なんですね……」

「だったらどうした!?　私は人として当然のことをしたまでだ！　私は悪くない！」

あくまで非を認めないクリス様にかける言葉が見つからない。

「ハルクさん、行きましょう」

「待て！　逃げるのかセルビア！」

引き留めようとするクリス様に、私は思わず溜め息を漏らす。

「逃げるも何も……私を聖女候補から外したのはあなたです。今の私にはなんの関係もありません」

どうして聖女候補でもない私が、この人の尻拭《しりぬぐ》いをしなければならないのだろう？

「だから、聖女候補に戻してやると言っているだろう！　何が不満だというんだ！」

何がと言われても。

声を荒らげるクリス様に、私は思わず即答してしまった。

「全部、です。私は聖女候補にも婚約者にも戻りたいとは思いません」

「なっ……」

私の言葉に唖然《あぜん》とするクリス様。彼からすれば破格の申し出であろう条件を、正面から切り捨てられたことが信じられない様子だ。

「お前……ッ、私が下手《したて》に出ていれば……！　私の善意にその言いよう、もう我慢できん！　お前たち、あの女を捕らえろ！」

「「はっ！」」

激昂《げっこう》したクリス様は、そばに控えていた護衛騎士二人に指示を飛ばす。

荘厳《そうごん》な鎧《よろい》で身を固めた、強そうな騎士だ。

そんな相手が険《けわ》しい顔で、二人もこちらに向かってくる。

「セルビア、ここは僕に任せて」

「ハルクさん……」

クリス様が苛立《いらだ》たしげに舌打ちする。

「冒険者ごときが邪魔をするのか？　お前などこの場で処罰したところでなんの問題にもならないのだぞ！」

その言葉に合わせて護衛騎士二人が抜剣《ばっけん》した。

ハルクさんは構えもせず、立ったまま静かに護衛騎士たちを見ている。

「この二人は、騎士団の中でも最上位クラスの実力を持つ。まだ若いが将来的には騎士団長になれる器《うつわ》だ。どちらか片方だとしても、成長した飛竜を倒すこともできよう。冒険者の尺度で言うなら――単身でSランクパーティに匹敵《ひってき》する」

自慢げに騎士たちの強さを羅列《られつ》していくクリス様。

けれど、それを聞かされてもハルクさんの表情は動かない。

「なるほど。それはすごいですね」

「――ッ、馬鹿にしているのか！　やってしまえ、お前たち！」

護衛騎士二人の動きは迅速だった。クリス様の号令に合わせて躊躇《ちゅうちょ》なく剣を振るう。左右同時にだ。普通ならなすすべなく斬《き》り捨てられてしまうだろう。

けれどハルクさんは普通ではないので――

「は」

「え？」

ゴッ！　と鈍《にぶ》い音がして、すごい勢いで殴《なぐ》り飛ばされた護衛騎士二人がクリス様の真横を抜け、はるか彼方《かなた》まで転がっていった。

「な、に……？」

後ろを振り返り、遠くで気絶する二人の護衛騎士の姿を見てクリス様が唖然《あぜん》とする。私もきっと似たような反応をしていただろう。

に、人間じゃないみたいな吹っ飛び方した……

ハルクさんは剣すら抜いていない。護衛騎士二人をただ殴《なぐ》っただけ。

それだけで、精鋭《せいえい》の護衛騎士二人はあっさりやられてしまった。

「馬鹿な……あの二人がやられただと？　こんなにも簡単に？　私は夢でも見ているのか……？」

混乱しているクリス様に、にっこり笑ってハルクさんは言った。

「殿下。これであなたを守ってくれる者はもういませんね」

「ふ、ふざけるな！　お前、王族にこんなことをして許されると――」

「ふざけているのはどちらでしょう？　よくもまあ、好き勝手に言ってくださいましたね。僕の大切な仲間に、悪女だのおぞましいだのと」

「ひっ……！」

クリス様はすっかり怯《おび》えてしまっている。腰を抜かし、顔を青くしてハルクさんを見上げている。

「ご自身でセルビアを追放しておきながら、今更戻ってこいというのも身勝手な話です。それも、聖女候補に戻してやる？　随分《ずいぶん》と上から目線な言い草ですね」

「で、ではどうしろと言うんだ！」

ハルクさんを見て後退《あとずさ》りながら、逆上したクリス様が叫ぶ。

「このままでは王都近郊はまるごと魔物に食い荒らされる！　この私にそれを見過ごせというのか!?」

確かに『迷宮』を放っておけば、いずれそうなるだろう。それくらい『迷宮』とは危険なものだ。

興奮した様子のクリス様に、ハルクさんは笑みを絶やさずに告げる。

「頼み方、というものがあるでしょう？」

「な、なに？」

「今のセルビアに聖女候補として働く義務はありません。あなたがそうしたのです。それでもセルビアに助けてほしいなら、お願いするべきでしょう。頭を下げて」

ハルクさんの言葉に、クリス様は愕然《がくぜん》とした。

「そ、そんな馬鹿な話があるか！　王族の私がこんな小娘に、あ、頭を下げるだと!?」

「できませんか？　では、残念ながら話はこれで終わりです」

「ぐ、ぐ……！」

クリス様は射殺すような目で私を見ている。よほど私に頭を下げるのが嫌なのだろう。

けれど、もうクリス様には他に手段がない。

脅《おど》して言うことを聞かせようにも護衛騎士はもういないのだから。

最終的に――クリス様は顔を真っ赤にして、歯をぎりぎり食いしばりながら、私の前に出てきて頭を下げた。

「た……頼む。『迷宮』を封じるために、お前の力を――」

「おや。頼みごとをする相手に『お前』ですか」

ハルクさんがさらりと指摘して、クリス様はとうとうやけになったように叫んだ。

「ぐっ！　セルビア――いや、セルビア殿！　今までの非礼は詫《わ》びる。だから、『迷宮』を封じるために、どうかあなたの力を貸してください！　お願いします！」

あのクリス様が頭を下げている。私に対して。

なんというか、衝撃的な光景だ。

「……と、いうことのようだけど、どうする、セルビア？　これは強制じゃない。あくまで殿下のお願いだからね」

「……」

ハルクさんの言葉に、少し考える。

断ろうと思えば断れる。

『迷宮』の封印だって他の聖女候補がやればいいことだ。

もしそれができなくて、王都が滅んだとしても、今の私にはもう関係がない。

私を教会から追い出したクリス様やリリアナたちのために働くなんて嫌すぎる。

けど——王都で普通に暮らしている人のことまで恨《うら》んでいるわけじゃないしなあ……

「……確認しますけど、本当に他の聖女候補たちじゃどうしようもないんですよね？」

「そうだ。聖女候補のほとんどが同時に祭壇《さいだん》で祈っても、現状維持が限界らしい。母上がいればまた話は別だったのだろうが……」

「王妃様はどこに？」

「父上とともに国外に出ている」

「なるほど。それでわざわざ私を捜しに来たんですね」

「……その通りだ」

私が呆《あき》れて言うと、クリス様はきまりが悪そうに頷いた。

「……？　セルビア、どういうこと？」

ハルクさんが首を傾げている。このあたりの事情も簡単に説明しておこう。

「クリス様のお母さん——王妃様というのは、現聖女様でもあるんです。聖女候補の中から選び抜かれた人物なので、とても強い加護を持っています」

この国の特徴として、優秀な聖女候補を王の妻にする、というものがある。

神の加護を受ける女性を血縁に組み込むことで、王家の権威を強化しているのだ。

「聖女様がいれば、私がいなくても『迷宮』を抑え込むことができたかもしれません」

「なるほど……って、そんな重要人物が簡単に国を空《あ》けていいものなの？」

「聖女候補の人数次第ですね。今は聖女候補がそこそこ多かったので、聖女様の抜けた穴を埋《う》められるという判断だったんでしょう」

魔神を封印している祭壇《さいだん》は、教会の地下と王城の二か所に存在する。そのうち、聖女様は王城のほうをたった一人で管理している。

王城の祭壇《さいだん》は教会のものより小規模なもの。

とはいえ普通の聖女候補では手に余るけど、聖女様なら一人で祈祷《きとう》を賄《まかな》えるという。

普通、年をとるにつれて神様の加護は弱くなることが多い。最終的に力を失った聖女候補はその称号を返還し、教会を去ることになっている。

そんな中で、数十年大きな加護でこの国を守っている聖女様は、やはり特別な存在だといえるだろう。

聖女様が不在の際は手すきの聖女候補複数人で祈祷《きとう》を代行することになっていて、私が教会を追い出される前に何人かの聖女候補が王城へ派遣されていた。

私の説明を聞いて、ハルクさんが少し首を捻《ひね》る。

「聖女候補で穴埋《あなう》めできるってなると、なんだかすごいのかそうでもないのかわからないね」

「聖女様は象徴としての意味合いが強いですから……でも、普通の聖女候補とは比べ物にならないほど優《すぐ》れていますよ」

少なくとも、今の教会に聖女様より強力な加護を持つ者はいないはずだ。

とはいえ、すぐに呼び出せないならどうしようもない。

私は溜め息を吐《つ》いた。

「……わかりました。引き受けます」

「本当か⁉」

目を輝かせるクリス様に、すかさず釘を刺す。

「ただし条件があります。一つは私たちの旅の援助。必要なものは全部揃《そろ》えてもらいます。もう一つは二度と私たちに関わらないこと。私が力を貸すのは今回限りです」

「……いいだろう」

クリス様は二つ目の条件を聞いて少し不愉快《ふゆかい》そうな顔をしたけど、仕方ないというように頷いた。

ハルクさんは、心配そうな顔で私を見る。

「いいのかい、セルビア？」

「……今回だけです」

ここで見捨てて後で王都が滅んだなんて聞かされたら、罪悪感に襲われそうだ。

祈祷《きとう》を行《おこな》うこと自体は慣れているし、これっきりと思えば我慢できる。

「一応、祈祷《きとう》を中断したときの様子も詳しく教えてもらえますか？」

「……わかった」

クリス様から事態の詳細もきっちり聞き出しておく。クリス様は言いにくそうにしていたけど、状況が状況なので大人しく質問に答えてくれた。

それによると、『迷宮』が出現したのは今朝《けさ》のことらしい。それからすぐクリス様は私の動向を調べ、私の居場所を知るなり急いで飛竜でやってきたようだ。

それを聞いて、私は拍子抜《ひょうしぬ》けしたような気分になった。

「そうですか。それなら、まだなんとかなる可能性はありますね」

「本当か!?」

「教会の記録によれば、『迷宮』が暴走を始めるまでに十日ほどの猶予《ゆうよ》があるそうです。出現して一日も経っていないのなら、おそらく再封印も不可能ではない……と思います。あくまで予想ですが」

クリス様が目を輝かせたので、あくまで断言はできないと釘を刺しておく。

私は聖女候補としての教育の一環で、『迷宮』のことも知ってはいるけど、それはあくまで知識だけだ。いざ祈祷《きとう》を捧《ささ》げてみて、やっぱり駄目だった、なんて結果も有り得る。

それでもクリス様はいくらか不安を払拭《ふっしょく》できたようで――

「では王都に戻るとするか！　セルビア、護衛騎士の二人を治せ！」

唐突にそんな意味不明なことを言い出した。

この人は何を言っているんだろう。

「嫌です。また剣を向けられたくありません」

「そういうことではない。王都に戻るなら飛竜が一番速いが、飛竜はあの二人しか操《あやつ》れないのだ」

「……クリス様は飛竜の操縦《そうじゅう》ができないんですか？」

「なんだその目は！　私を馬鹿にしているのか!?」

そういえば、ここに来たときもクリス様は護衛騎士の一人と一緒に飛竜に乗っていたなあ……

「飛竜というのはプライドが高いのだ！　自分が認めた相手しか乗せようとしない！　国中捜してもこの飛竜に乗れる人間など十人といないのだぞ!?」

顔を真っ赤にして言い募るクリス様。

「なるほど。プライドが高い、ですか」

ハルクさんはそう呟いて、おもむろに飛竜の一体に歩み寄った。

クリス様の言う通り、飛竜が威嚇《いかく》の唸《うな》り声を上げる。明らかに友好的な感じではなかった――のだけれど。

「あはは、随分《ずいぶん》威勢がいいね」

『グル……ルルル……』

「けれど街中で暴れるのはよくないな。少し大人しくしていようか」

『……グルゥ……』

……すごい。ハルクさんが頭を撫でただけで飛竜が静かになった。

「ば、バカな！　なぜ貴様は簡単に飛竜を手懐けているのだ!?」

愕然《がくぜん》としたようにクリス様が言う。

私が見た限り、飛竜はハルクさんに懐いたというより、恐怖のあまり大人しくなっただけのような気がする。ハルクさんには勝てないと本能的に悟ったようだ。

ハルクさんは静かになった飛竜に満足そうに頷くと、クリス様を振り返った。

「では殿下。飛竜をお借りします。ああ、飛竜の扱いには覚えがあるのでご心配なさらず」

「ま、待て！　貴様に貸すなどとは言っていないぞ！」

「ですが時は一刻を争うのでしょう？　私がセルビアを王都に連れて行くので、殿下はここで護衛騎士が目を覚ますのをお待ちください」

「ふざけるな、そんなものセルビアが回復魔術で護衛騎士を起こせばいいだけだろうが！」

「それじゃあセルビア、前に乗ってくれるかな」

「は、はい」

「私を無視するな！」

私が飛竜の背にまたがると、癇癪《かんしゃく》を起こすクリス様を無視してハルクさんが飛竜の手綱《たづな》を引く。

すると、飛竜は勢いよく飛び上がった。

「な、ほ、本当に私を置いていくのか!?　待て、おいっ！」

飛び立つ寸前、呆気《あっけ》にとられた顔のクリス様が見えた。

まさか自分が置き去りにされるなんて思わなかったのだろう。

心の中で謝罪する。


ごめんなさい、クリス様。

正直、ちょっとスッとしました。

私たちがポートニアを出発してからしばらく経った。

飛竜の上は風圧がすさまじい。後ろでハルクさんが支えてくれなければ、私なんてすぐに吹き飛ばされてしまっていただろう。

「本当に速いですね、飛竜って！」

「ああ、さすが王家の所有する飛竜だ。……風はきつくない？」

「大丈夫です！　ハルクさんが支えてくれていますし、耐衝撃ローブ《これ》もありますから！」

ポートニアで買った耐衝撃ローブは、強い向かい風から私を守ってくれている。

まさかこんなに早く役に立つなんて思わなかった。

私が感動していると、すぐに王都が見えてくる。

「馬車より断然速いですね、飛竜」

「そうだね。そのぶん、買おうと思ったら馬車なんかよりずっと値は張るけどね」

「今回の件が終わったらクリス様に買ってもらうというのはどうでしょうか。旅の支援が交換条件なわけですし」

「はは、それはいいね」

そんなことを話しながら、王都に近づいていく。

すると、ハルクさんが異変に気付いた。

「……何か妙だ。戦ってる……？　あれは魔物か？　なぜ街の中に？」

「何がですか？」

ハルクさんの呟きの意味が、最初私にはわからなかった。

けれど王都の真上に来たところで、ようやく気付いた。その異常に。

街のあちこちで煙が上がり——大量の魔物の姿が見える。

「な、なんですかこれ!?　なんでこんなにたくさんの魔物が王都にいるんですか!?」

「わからない。とにかく、街に降りてみよう」

飛竜を下降させると、その惨状《さんじょう》がより理解できた。

「くそっ、なんで街の中に魔物が入ってきてんだよ！」

「く、来るな……来るなあああ！」

「誰か助けて！　衛兵でも冒険者でもいいからぁ！」

あちこちで悲鳴や怒号が飛《と》び交《か》っている。

無理もない。人口の少ない集落ならともかく、王都付近では騎士団や冒険者たちが頻繁《ひんぱん》に魔物狩りを行《おこな》っていると聞いていた。王都の中に魔物が入り込んできたことなんて私の知る限り一度もない。

まして、こんな大量の魔物が街になだれ込んでくるなんて異常事態もいいところだ。

私も動揺していると、突然ハルクさんが私の体を強く引き寄せた。

「セルビア、ちょっとごめん」

「え……きゃあああ!?」

まだ空中にいるというのにハルクさんに抱《かか》えられ、私は飛竜の背から自由落下する。

そしてハルクさんは私を丁重に地面に下ろしたあと、有り得ない脚力で地を蹴《け》った。……って速い！

ハルクさんは目にも留まらぬ速度で動き回り、あちこちにいる魔物たちを斬《き》り尽くしてしまった。

「あ、ありがとうございます……？」

助けられた街の人たちもぽかんとしている。

周辺の魔物を一掃したにもかかわらず、ハルクさんは険《けわ》しい表情で呟いた。

「人形系《パペット》にゴーレム系の魔物……？　このあたりにはいないはずなんだけど……」

体高がハルクさんより頭ひとつぶんほど大きいつるりとした人形のような魔物や、大きな石を組み合わせた巨人のような魔物。あれがハルクさんの言う『人形系《パペット》』や『ゴーレム系』なんだろう。

私は教会に続く道を指さしながら、ハルクさんに声をかけた。

「ハルクさん、とにかく教会に行きましょう。祈祷《きとう》をするならあそこに行かないといけませんし、何かわかるかもしれません」

「わかった。行こう」

私たちは魔物の闊歩《かっぽ》する変わり果てた王都を移動し、急ぎ足で教会へと向かった。

教会にたどり着き扉を開けた途端に、慌《あわ》ただしい雰囲気が伝わってくる。

「ああ……セルビア様！　よくぞ来てくださいました！」

中に入ると、修道士の一人が感極まったように叫んできた。

礼拝堂の長椅子には何人もの聖女候補が重病人のように寝かされ、青い顔で呻《うめ》き声をあげている。

その間を数人の修道士が看病のために駆け回っていた。

……酷《ひど》い状況だ。いくら祈祷《きとう》が重労働だと言っても、普段ならこんなことにはならない。

私はぎゅっと拳《こぶし》を握り締め、修道士を見上げる。

「教会を追放された身ですが、クリス様に依頼されて祈りを捧《ささ》げに来ました」

「話は聞いています。さっそくで申し訳ありませんが……」

「はい。祭壇《さいだん》に向かいましょう」

そんなふうに話を進めていると、ハルクさんが修道士に言った。

「僕も同行して構いませんか？」

「それは……」

言いよどむ修道士に対して、ハルクさんは付け加える。

「祈祷《きとう》がどういったものか、多少は聞いています。どんな状況になってもセルビアの祈祷《きとう》の邪魔はしないとお約束します」

「……わかりました。ですが、絶対にその約束は破らないでください」

揉《も》める時間すら惜《お》しいと思ったのか、修道士は仕方なさそうに頷いた。

先導する修道士について祭壇《さいだん》への道を進んでいく。

私は道を知っているので案内は必要ないんだけど……せっかくだし、気になっていたことを聞いておこう。

「街中で魔物が暴れていました。いったい今、王都では何が起こっているのですか？」

「……『迷宮』が暴走したのです」

「暴走……!?　こんな早くにですか!?」

修道士の返事に、私は愕然《がくぜん》とした。有り得ない！

「教会の記録では、『迷宮』の出現から暴走までは十日以上の猶予《ゆうよ》があったはずですよね？　クリス様の話では、祈祷《きとう》を中断してからまだ一日も経っていないはずです。それがどうして！」

「そのはずだったのですが……昼ごろになり、急に『迷宮』が一気に成長したのです。理由はわかりません。本当にいきなりのことだったのです」

「そんな……」

『迷宮』の暴走。

つまり街にいた人形《パペット》やゴーレムといった魔物たちは、すべて『迷宮』から吐き出されてきたものだったのだ。

「セルビア。『迷宮』の暴走の原因は、本来どんなものなんだい？」

ハルクさんの質問に、私は少し考えて応じる。

「『迷宮』自体が、空気中や土中から魔力を十日ほどかけて吸い込んで起こるとされています」

「なるほど。じゃあ、他に考えられる理由は何かあるかな」

私はさらに考え込んで、ゆっくりと口を開いた。

「そういえば……かつて『迷宮』が暴走したのは、『迷宮』の主《ぬし》を討伐《とうばつ》するための軍隊を、丸ごと呑み込んだ直後だったそうです。それまでゆっくりだった『迷宮』の成長が、急に加速したと」

「つまり今回の暴走は、すでに大勢の人が犠牲《ぎせい》になっている証《あかし》かもしれないってこと？」

「わかりません。とにかく、祭壇《さいだん》を見てみないと……」

そんなやり取りをしている間に地下に到着した。

私たちを先導していた修道士が、前方の大きな鉄門を開ける。

するとそこには異様な光景が広がっていた。

「助けてください、神様！　どうかお救いください！」

「嫌っ、いやぁ……」

「あぁぁあああああああああっ！　もう無理ですっ、出して！　ここから出してええええええっ！」

多くの修道士が見守る中、祭壇《さいだん》では十数人の聖女候補たちが絶叫しながら祈りを捧《ささ》げていた。

祭壇《さいだん》の中心にそびえる石碑《せきひ》は、いつもはなんの反応も示さないのに――今は聖女候補の祈祷《きとう》を撥《は》ねのけようとするように、禍々《まがまが》しい赤い光を放っている。

「……これが、祈祷《きとう》か」

さすがのハルクさんも少し動揺したようだった。

確かに見慣れない人にはいささか衝撃的かもしれないが、私にとってはありふれた光景に過ぎない。

ただ、今日の聖女候補たちは少々苦しみすぎている気がする。

「……」

私は赤い光を放つ石碑《せきひ》を見て、わずかに目を細めた。

「セルビア？」

「……なんでもありません。それじゃあ、少し行ってきますね」

私は心配そうなハルクさんに淡々と答えた。

そして祈祷《きとう》を捧《ささ》げるため、祭壇《さいだん》に向かう。見張り役の修道士たちは私を見て驚いたようだったけど、すぐに道を空《あ》けた。

祭壇《さいだん》に足を踏み入れる。

膝《ひざ》をつき、両手を組んで目を閉じる。

――次の瞬間、私は沼の底にいた。

もちろん一瞬で別の場所に移動したわけじゃない。

けれど、聖女候補たちは祈祷《きとう》を始めるとこの場所にやってくるのだ。精神だけになって。

沼の底には祭壇《さいだん》にあったものと同じ石碑《せきひ》が沈んでいて、それを輝く鎖《くさり》ががんじがらめに縛っている。あの鎖《くさり》こそが魔神を抑えている封印だ。

私の他に祈祷《きとう》を行《おこな》っている聖女候補たちはその鎖《くさり》を押さえて、あふれ出そうとする魔神の魂《たましい》を必死に押しとどめている。

それを見て、私は思った。

（やっぱり……封印が外れかけてる）

普段なら鎖《くさり》を押さえるのは聖女候補一人で十分なのに、今は十数人がかりでも厳しそうだ。こんなことは今までなかった。

（私も行かないと）

封印の石碑《せきひ》に向かって進んでいく。他の聖女候補たちは必死なあまり私には気付いていないようだ。

祈祷《きとう》——封印の維持に参加するため、私は石碑《せきひ》に巻きつく鎖《くさり》に触《ふ》れた。

途端に、石碑からあふれ出した血のように赤い妖気が、私を取り巻いた。

妖気は祈祷《きとう》を行《おこな》う私の精神を壊そうと、精神汚染を仕掛けてくる。

この精神汚染によって今まで何人もの聖女候補が心を壊され、教会を去った。神様の加護をもってしても、魔神の恨《うら》みの念を完全に遮断《しゃだん》することはできないのだ。

加護で守られなかったぶんは聖女候補自身の精神力によって耐えるしかない。聖女候補の入れ替わりが激しいのはそのせいだ。

その精神汚染にさらされながら、私は溜め息を吐《つ》く。

（……邪魔）

バシュッ！　という、空気の抜けるような音がする。

私が強く念じると、赤い妖気は怯《ひる》んだように引っ込んでいった。どうやら私の耐性なら、まだ魔神の汚染を振り払えるようだ。

「セルビア……？」

「なぜあんたがここに！」

私が魔神の精神汚染を払ったことで、他の聖女候補たちも解放されたらしい。全員が私に気付いて驚いている。

いろいろ言いたいことはあるけど……それは後回しだ。

まずは封印を立て直さないと。

(全能神ラスティアよ、どうか力をお貸しください)

封印の鎖《くさり》に触《ふ》れたまま祈りを捧《ささ》げる。途端にさっきまでとは比べ物にならない精神汚染が降りかかってくるけど、すべて無視する。

しばらくそうしていると――石碑《せきひ》はどうにか沈静化した。

もう、赤い妖気は出てきていない。

これで祈祷《きとう》は終了。

私は意識を浮上させた。


祈祷《きとう》を終えた私が目を覚ますと、祭壇《さいだん》の外でハルクさんがなぜかぽかんと口を開けて、こっちを見ていた。

「……どうかしましたか？」

「あ、いや……セルビアは祈祷《きとう》をしている途中でも、叫んだり泣いたりしないんだなって。他の聖女候補はかなり酷《ひど》いことになっていたから」

ああ、なるほど。そういうことか。

「このくらい平気ですよ。慣れていますから。ふふ」

確かにさっきの祈祷《きとう》は大掛かりなものだったけど、時間にすればごく短いものだ。教会を追放される前は毎日十時間以上も祈りを捧《ささ》げていた私からすると、つらいというほどでもない。

私の虚《うつ》ろな笑みを見て、取《と》り繕《つくろ》うようにハルクさんが尋ねてくる。

「そ、それで、祈祷《きとう》の結果はどうだったんだい？」

「ひとまず沈静化させることはできました。『迷宮』の成長もしばらくは止まると思います」

私が言うと、祭壇《さいだん》にいる聖女候補たちが愕然《がくぜん》とした。

「そんな……私たちが束《たば》になってもどうにもならなかった封印を、たったこれだけの祈祷《きとう》でこなしてしまうなんて」

「これが聖女にもっとも近いと言われていたセルビアの力……」

なんだか褒《ほ》められているような気がする。

「……」

「セルビア？」

「いえ、なんでもありません」

そんな彼女たちを見て私が抱《いだ》いたのは、怒《いか》りや呆《あき》れとは全く別の感情だった。

この子たちは……

いや、今は一旦置いておこう。

先に済ませておくべき話がある。

「『迷宮』は鎮《しず》めましたが、あくまで応急処置です。すぐにまた成長を再開するでしょう」

「そうか……」

痛ましげに目を伏《ふ》せるハルクさんを見ながら、私は再び口を開いた。

「やっぱりおかしいです。クリス様の話では少し祈祷《きとう》を中断しただけのはずですし、封印自体にもそこまで大きな異常はありませんでした。なのに『迷宮』がこんな短時間で暴走を起こすなんて……」

祈祷《きとう》を捧《ささ》げる前は封印のほうに何か異常があるんじゃないかと思っていた。

けれどいざ祈祷《きとう》を行《おこな》ってみると、封印の鎖《くさり》は少し緩んでいたものの、それ以外の異常は見受けられなかった。

では、いったい『迷宮』が暴走した理由はなんなんだろうか。

――と思った、そのとき。

「司教殿はおられるかぁああああああ!!」

とんでもない怒声とともに、地下に誰かがやってきた。

甲冑《かっちゅう》と大戦斧《だいせんぷ》を身に纏《まと》った大柄《おおがら》な男性だ。

あれは……ギルドマスターのエドマークさん？

ハルクさんもエドマークさんに気付いたようで、目を瞬《またた》かせている。

「ギルマス。どうしたんです、こんなところに」

「ハルク殿！　それにセルビア殿も……！　ああ、よくぞいてくださった！　あなた方がいれば百人力、いや千人力！」

エドマークさんはハルクさんと私を見て感激したようにそう言うと、きょろきょろ周囲を見回し始める。誰かを捜しているような仕草だ。

そんなエドマークさんを見て、慌《あわ》てたように修道士の一人が駆け寄ってきた。

「困りますよあなた、勝手にここに入ってきては！」

「ええい、うるさいぞ修道士！　それより司教殿はどこだ！　聞いていた話と状況が全然噛み合わんので問いただしに来たというのに……！」

私はエドマークさんに尋ねた。

「エドマークさんは司教様から何か聞いていたんですか？」

「うむ、よくぞ聞いてくれましたなセルビア殿。実は司教殿から『迷宮』に打って出るから冒険者を集めておけと言われたのですが……こっちの準備が整う前に魔物のほうが攻め込んでくるし、騎士や衛兵には話が伝わっていないしで、現場が混乱しておるのです。これは司教殿に話を聞かねばとここまでやってきた次第です」

騎士や衛兵に話が伝わってない……？

それは明らかにおかしい。司教様なら『迷宮』の脅威《きょうい》は知っているし、真っ先に国の上層部に伝えるはずなのに。

修道士は小さく首を横に振った。

「司教様はここにはいません。さきほど数名の騎士が、問答無用で司教様を連行していきましたから」

修道士が力なくそう言った。嘆《なげ》きと呆《あき》れが半々になったような声色《こわいろ》だ。その言い方に、エドマークさんが眉をひそめる。

「連行される、とは穏やかではありませんな。……というかそもそも司教殿は、自分から騎士たちに話をしに行ったのではないのですか？」

エドマークさんの疑問はもっともだ。『迷宮』出現なんて事態が起これば、騎士たちが来るより早く騎士団に出頭するのが当然のはず。

にもかかわらず司教がそれをしなかったということは――

「……多分、隠そうとしたんじゃないでしょうか。ルドン司教はこの教会の責任者です。そんな司教からしてみれば、『迷宮』出現なんて最悪の不祥事《ふしょうじ》ですから」

「……その通りです、セルビア様」

私が言うと修道士が複雑そうな顔で頷く。やっぱりそうか。

修道士の反応を見て、エドマークさんは唖然《あぜん》とした。

「で、では司教殿が冒険者以外に事情を説明しなかったのは……」

「初期の『迷宮』なら、騎士がいなくても処理できると思ったんでしょう。騎士に事情を伝えれば、この国の上層部にも連絡がいきます。そうなれば重罰は免《まぬか》れません。国の上層部が情報を得るより早く事態を収拾させて、自分への風当たりを抑えようとした。……そんなところかと」

「ほ、保身のために街を危険にさらしたというのですか⁉」

「平たく言うと、そうなります」

私が頷くと、エドマークさんは愕然《がくぜん》としていた。

……この教会の人間なんてそんな人ばかりですよ。私もいい加減慣れました。

「……いえ、ここにいない人間のことを考えていても仕方ありませんな。他にすべきことがいくらでもあります」

気を取り直すようにそう言うエドマークさんに、ハルクさんが尋ねる。

「ギルマスはこれからどうするんですか？」

「街に戻って戦力を揃《そろ》えます。……おお、そうだ。ハルク殿とセルビア殿にも来ていただきたい」

「戦力というのは、なんの戦力でしょうか」

「――『迷宮』に突入する戦力です」

静かに、けれど力強くエドマークさんは言った。

「王都に侵入する魔物の数は、どんどん増えています。このままでは王都が滅ぶのも時間の問題でしょう。そうなる前に、元凶を潰《つぶ》すしかありません」

私は呆気《あっけ》に取られていたけれど、その言葉で我に返った。

「ま、待ってください。そもそも冒険者にこの街のために戦う義務なんてあるんですか？」

確かハルクさんの話では、冒険者は国に所属しない自由組織だったはずだ。

王都が滅びるのは防ぎたいけど、冒険者が駆り出されるのは違うような気がする。

私が不思議に思っていると、エドマークさんは目を伏《ふ》せた。

「原則的にはそうですが……どこのギルド支部も大抵《たいてい》は国に支援されているものですからな。有事の際には協力することになっているのです。よって、申し訳ありませんが、お二人にも協力していただきますぞ」

ちらりとハルクさんを振り返ると、苦笑交《ま》じりに頷かれた。

……どうやら私は、どっちみち王都存続のために頑張る宿命だったようだ。

「ギルマス。『迷宮』に突入するとのことですが、具体的にはどうします？」

そう尋ねたハルクさんに、エドマークさんが答える。

「集められるだけの戦力をかき集めて、全員で『迷宮』に殴《なぐ》り込むのです」

「そうした場合、街の防衛戦力が足りなくなるのでは？」

「……それも仕方ありません。そうしなければ、被害が大きくなるばかりです」

どうやらエドマークさんは多少の犠牲《ぎせい》に目を瞑《つぶ》ってでも、早急に『迷宮』を滅ぼすつもりのようだ。

それに対して、ハルクさんが言った。

「そうならない方法がありますよ、ギルマス。僕が行けばいい。僕が単独で『迷宮』に入り、主《ぬし》を倒してすべてを終わらせます」

私はさすがにぎょっとした。

単独で『迷宮』に突入って……とんでもないこと言ってるこの人！

エドマークさんの反応も私と似たようなものだ。

「ハルク殿、それはさすがに……！」

「いえ、理由があります。『迷宮』は情報が少なく、何が起こるか予想がつきません。大勢で突入するといざという時に身動きが取れず、脱出に失敗する可能性があります」

それに、とハルクさんは言葉を続ける。

「セルビアは、以前『迷宮』が暴走した原因は軍隊を『迷宮』が呑み込んだからだと言っていました。突入した全員が呑み込まれたら、さらに被害を拡大する恐れもあります」

「そんなことが……しかし一人ではいくらハルク殿といえど……ううむ」

難しい顔で黙り込んでしまうエドマークさん。ハルクさんは視線を下げ、ぽつりと言った。

「……それに、師匠なら、そうしたでしょうから」

師匠？

師匠っていうと……ハルクさんの剣の先生ということだろうか。

私が首を傾げているうちに、エドマークさんとハルクさんは話を進めていく。

「ではハルク殿、せめて数人の護衛をつけましょう。単独というのはあまりに危険です！」

「お言葉は嬉しいんですが……僕の場合、一人のときが一番強いので」

「……確かに、ハルク殿にとっては誰であれ足手まといになってしまうでしょうが……」

「――わ、私が行きます。連れて行ってください」

咄嗟《とっさ》に私は口を挟《はさ》んだ。

「『迷宮』は魔神の能力によってできたものです。私なら何か役に立てるかもしれません」

他の魔物ならともかく、魔神なら十年以上戦ってきた相手だ。私にも何かできることはあるはず。

「セルビア殿……？　どういう意味ですかな？」

エドマークさんは、理解できないとばかりに私を見る。

そうだ、エドマークさんには私が元聖女候補であることを伝えていなかった。

「私は元聖女候補です。魔神の能力にもある程度対抗できます」

「なんと！」

エドマークさんが目を見開く。けれどすぐに、「どうりで回復魔術が使えるはずですな」と納得してくれた。

私がどうして聖女候補ではなくなったのか、そのあたりについてエドマークさんは触《ふ》れないでいてくれた。気を遣ってくれたのかもしれない。

私がホッとしていると、ハルクさんが曖昧《あいまい》な笑みを浮かべながら口を開く。

「えーと、セルビア。気持ちは嬉しいけど……」

「でも、私とハルクさんはパーティを組んでいます。一緒に行動するのが普通だと思います」

「なるほど。……うん、それもそうだね」

ハルクさんは苦笑すると、エドマークさんに向き直った。

「ギルマス。僕はセルビアと二人で『迷宮』に行こうと思います」

「……単独Sランクのハルク殿に加えて、元聖女候補のセルビア殿が行くとなれば、反対はできませんな。ですが、半日経っても帰還なさらなければ救援を送りますぞ」

「お願いします」

結局私とハルクさんが二人で突入する方針で決定した。

……自分から言い出しておいてなんだけど、緊張するなあ……

私たちは準備を整え、さっそく『迷宮』へと向かうことにした。

「そういえばギルマス、ロレンスたちはどうしたんです？　『金色の獅子』の面々がいればもっと被害は小さく済みそうなものですが」

出発する前、ハルクさんが思い出したように尋ねた。

『金色の獅子』といえばハルクさんを追い出したSランクの冒険者パーティだ。

あんまりいい人たちには見えなかったけど、この言い方だとハルクさんは彼らの実力については認めているらしい。

エドマークさんはそれを聞いた途端に、憤怒《ふんぬ》の表情を浮かべた。

「それがあの者たち、この騒ぎが始まってから姿を見せないのです！　緊急時の連絡用に持たせた魔晶石《ましょうせき》の通信にも反応しません！」

「いない？　ロレンスたちが？」

「はい。まったく、有事の際に見当たらないのでは、なんのためのSランクかわかりません」

エドマークさんはそう言ってため息を吐く。

「……ロレンスたちがいない。連絡もつかない。……このタイミングで？」

ハルクさんはその話を聞いて、何か思案するように数秒黙り込んだ。

「ハルクさん？」

「あ、ああ、ごめん。僕たちも急ごうか」

何をそんなに気にしているんだろう？

私は疑問に思ったけど、今は『迷宮』の対処が最優先だ。

私とハルクさんは急ぎ足で教会を後にした。

▽

王城内の一室には張り詰めた緊張感が満ちていた。

「これはどういうことだ、ルドン司教！　何をどうしたら『迷宮』が出現するなどということになるのだ⁉」

声を荒らげるのは王国の宰相である。

国王不在の今、実質的な王国のトップは彼だ。そんなタイミングで『迷宮』出現などという不祥事《ふしょうじ》は彼にとって最悪の事態といえる。

彼だけではない。この場にいる大臣たちも、困惑や怒《いか》りの表情を浮かべている。

「それも出現しただけならまだしも、その日のうちに迷宮暴走《スタンピード》だと⁉　そんな馬鹿な話があってたまるか！」

宰相は『迷宮』が出現したという報告を受けていなかった。

昼ごろ、街に向かって魔物の大群が押し寄せているのを見て、初めてそのことを知ったのだ。対策を取るどころの話ではなく、まずは状況を誰よりも知っているであろう司教を呼び出し尋問して、現在に至る。

宰相の叱責《しっせき》に怯《おび》えながら、司教はなんとか声を張り上げる。

「わ、私にとっても予想外だったのです！　こんなに早く暴走が起こるなど有り得ません！　何か特別な原因があるとしか――」

「だとしても、『迷宮』が出現した時点で報告するのが当然であろうが！　現場の騎士によれば、貴様は冒険者ギルドに『迷宮』の攻略を依頼したらしいな。なぜその時点でこちらに状況を伝えなかったのだ！」

「そ、それは……」

司教の首筋を冷や汗が伝う。

宰相の言う通り、司教は国の上層部に『迷宮』の出現を報告していなかった。

出現したばかりの『迷宮』なら冒険者だけでどうにかできるだろうと高《たか》をくくっていたのだ。また、『迷宮』を出現させたことへの罰《ばつ》を受けたくないという保身の意味合いもあった。

彼も、まさかこんなに早く事態が進行するとは思っていなかったのである。

宰相は司教の様子を呆《あき》れたように見ると、重々しく口を開いた。

「ルドン司教。聖女候補の祈祷《きとう》で『迷宮』を鎮《しず》めることは可能か？」

「……現在、聖女候補が総出で再封印を行《おこな》っておりますが、現状維持が限界で……」

「役立たずが！　もういい、騎士団詰め所の牢獄《ろうごく》にでもぶち込んでおけ！」

宰相が怒鳴《どな》ると、部屋の隅にいた騎士たちが二人がかりで司教を取り押さえる。

司教は抵抗したが、騎士の腕力に抗《あらが》えるはずもなくすぐに連行されていった。

――と、そのとき。

「宰相殿。国王陛下に魔晶石《ましょうせき》での通信がつながりました」

「！　よし、すぐ映せ。報告しなければならんことが多すぎる」

「わかりました」

大臣の一人が琥珀色《こはくいろ》の宝玉《ほうぎょく》を壁に向かって掲《かか》げる。

宝玉《ほうぎょく》は魔晶石《ましょうせき》と呼ばれるもので、同じく魔晶石《ましょうせき》を持つ相手に限り遠距離から連絡を取ることができる。非常に高価だが、国王は緊急時の連絡用にそれを持ち歩いているのだ。

やがて魔晶石《ましょうせき》の効果により、壁に国王の姿が映し出される。

宰相はそれに向かって頭《こうべ》を垂れた。

「陛下。突然お呼び出しして申し訳ございません」

『構わん。すでに会談は終わっているからな。それより、わざわざ魔晶石《ましょうせき》まで使って連絡してきたからには何か火急の報告があるのだろう？』

「はい。実は――」

宰相は現在の王都の状況を国王に説明した。

国王はそれを聞き、みるみる表情をこわばらせていく。

『馬鹿な、「迷宮」の暴走だと⁉』

「信じがたいことですが事実です。現在騎士や冒険者が魔物の駆除に当たっていますが、魔物の数が多く対処しきれません」

『住民の避難状況はどうなっている？』

「残念ながらほぼ進んでいません。冒険者ギルドなどの広い場所に住民を集め、騎士たちに周囲を守らせることで凌《しの》いでいますが、どこまでもつか……」

宰相の言葉に、思案する国王。

すると、映像の横から一人の女性が現れた。

『――私が戻るまで持ちこたえてください。教会と王城の祭壇《さいだん》に近づけなくなっては、打つ手がなくなってしまいますから』

「聖女様……」

映像に新たに現れたのは、金髪碧眼《きんぱつへきがん》の女性だった。実年齢は四十を超えているのに、二十代と言って通じるほどの若々しい美貌《びぼう》を保っている。

彼女こそ、王妃にして当代の聖女である。

『不幸中の幸いですが、私たちはすでに帰途についています。王都に戻るのに、さほど時間はかかりません。私は戻り次第すぐに王城の祭壇《さいだん》で祈祷《きとう》を捧《ささ》げ、「迷宮」の成長を食い止めます。そこで騎士たちを「迷宮」に突入させ、「迷宮」の主《ぬし》を討《う》ち取る。これが最良でしょう』

聖女の提案に、国王も頷く。

それを見て、宰相も覚悟を決めた。

「……わかりました。騎士団長に伝えてただちに準備させます」

『ええ。お願いします』

聖女が凛《りん》とした声で話を締めくくり、こうして方針は決定された。

大臣に指示を飛ばしてから、宰相はふと聖女に尋ねた。

「聖女様。このたびの『迷宮』の暴走は、ルドン司教にとっても予想外の事態のようでした。こんなに早く『迷宮』が成長した原因はいったいなんなのでしょうか？」

『そうですね……』

聖女は少し考えてから、再び口を開く。

『確認しますが、騎士が防衛に当たっているということは、まだ『迷宮』に大人数の戦力投入は行《おこな》っていませんね？』

「そのはずです。ルドン司教は冒険者に『迷宮』討伐《とうばつ》を依頼していましたが、その冒険者たちが出発する前に魔物が街に攻め込んできたようですので。多くの騎士や冒険者はまだ街に残っているかと」

宰相の返事を聞き、聖女は言った。

『かつての記録では、「迷宮」の暴走は「迷宮」討伐《とうばつ》に向かった軍隊を吸収したことで起こったとされています。ですが今回の場合、それに当たりそうな戦力はすべて街にいる。ならば残る可能性はひとつです——少数で軍隊に匹敵《ひってき》するような者たちが独断で「迷宮」に乗り込み、そして「迷宮」に呑まれた』

「――！」

息を呑む宰相に対して、聖女はさらに言葉を続けた。

『そうなると候補も随分《ずいぶん》絞《しぼ》られますね。騎士団が街にいるなら団長もそこにいるでしょう。クリスの護衛も精鋭《せいえい》ですが、一軍に匹敵《ひってき》するほどではありません。……そういえば、王都には「金色の獅子」というSランクの冒険者パーティが常駐していましたね。彼らは今どこにいるのでしょう？』

「『金色の獅子』……す、すぐに調べます！」

聖女の言葉に宰相が慌《あわ》てて部下へ指示を出す。

普通に考えれば、たった四人の冒険者の力が一軍に相当するというのは信じられない。

けれどこのとき、宰相の頭には『聖女の勘はよく当たる』という俗説《ぞくせつ》が浮かんでいた。

▽

時は少し遡《さかのぼ》り、ハルクとセルビアが王都に到着する半日前。

「はっ、こんなもんか『迷宮』ってのはよぉ！」

「ぬるい。【アイシクルランス】」

「あんま出すぎんなよお前さんたち、俺でもカバーしきれねえぞ～？」

「……『玄武《げんぶ》重撃《じゅうげき》』」

Sランクパーティ『金色の獅子』のメンバー剣士ロレンス、魔術師ミア、戦士キース、武術家ニックは、『迷宮』と呼ばれている洞窟《どうくつ》内を破竹《はちく》の勢いで進んでいた。

『迷宮』の奥から次々現れるゴーレムや戦闘人形《パペット》。

最低でもBランク冒険者と同等の実力を持つそれらを、ロレンスたちはいともたやすく屠《ほふ》っていく。

ロレンスの剣が、ミアの魔術が、キースの大剣が、ニックの武術が敵を寄せつけない。

数十体の魔物を蹂躙《じゅうりん》し、ロレンスは呆《あき》れたように口を開いた。

「ったく、ミアがビビらすからどんなもんかと思ったが……蓋《ふた》開けてみりゃちっと強い魔物が出るだけのフツーの洞窟《どうくつ》じゃねえか」

「ビビってない。事実を言っただけ」

「あーはいはい。わかったわかった」

イラッとしたように睨《にら》みつけてくるミアに、ロレンスは肩をすくめる。

「まあ、ミア嬢の言うこともわかるぜ。ここの魔物は別に弱いわけじゃねえ。俺たちじゃなきゃ苦戦してたかもな」

「……同意する。我らが特別なだけだ」

二人を取りなすように、キースとニックが口々に言う。

その言葉には強い自尊心が含まれている。しかしロレンスとミアは特に疑問すら抱《いだ》かず、同意するように頷く。

「やっぱそうか。俺らを他の雑魚《ざこ》パーティと一緒にするのは間違ってるよな」

「常識を私たちに当てはめるほうが間違い。私たちは強すぎる」

彼ら四人はそれぞれが特別だ。

たかがこんな洞窟《どうくつ》ごときに苦戦するはずがないと、彼らは当然のようにそう思っていた。

そのとき、ロレンスが持つ魔晶石《ましょうせき》に通信が入った。

「チッ……またかよ、うぜえな」

「エドマークからの通信？」

首を傾げるミアに、ロレンスは舌打ちしながら答える。

「だろうな。ったく、さっきから出てねえんだから出る気がねえって察しろっての」

ロレンスたち四人は独断で『迷宮』に突入している。

ギルドからの『指示があるまで街で待機』という、冒険者全体への号令を無視した形なので、おそらくエドマークからの通信もその件だろう。

通信をつなげば説教が飛んでくるのは目に見えていたので、ロレンスたちはそれをずっと無視しているのだった。

「ま、俺たちが『迷宮』の主《ぬし》をぶっ殺せば何も問題ねえ。ギルドの連中の驚くツラが今から楽しみだぜ」

ロレンスの言葉に、残り三人も同意を示した。

しばらく進んでいくと——彼らは突然、何もない広間に出た。

道の幅《はば》も、天井《てんじょう》の高さも、さっきまでの通路とは比べ物にならない。

「なんだここ？　やたら広いな」

「あっちに道がある。『迷宮』の構造なんて気にするだけ無駄」

「それもそうか」

ロレンスはミアの言葉に頷き、歩を進める。

四人は特に警戒せず広間に入り――

その瞬間、彼らは終わった。


「！　上だ！」

普段は寡黙《かもく》なニックが、珍しく鋭《するど》い声をあげた。

ロレンスたちが咄嗟《とっさ》に飛びのくのと同時に、天井《てんじょう》から巨大な何かが落下してくる。

ゴーレム系の魔物だ。

しかし、ここまでの道中で見たものよりはるかに大きい。体高は人間の男性の三倍を超えている。

『――ォオオオオオオオオオオオオオオオオオオオッッ！』

巨大ゴーレムは有り得ないほど大きな声で吠《ほ》えると、ぎろりとロレンスたちを見据《みす》えた。

ハッ、とロレンスは鼻で笑う。

「なんだよ、やる気か？　ミア、魔術の準備しとけ」

「言われるまでもない」

臨戦態勢を整えるロレンスたち。

しかし巨大ゴーレムは彼らに向かわず、その場に拳《こぶし》を叩きつけた。

その動作に合わせて、巨大ゴーレムの足元から円状に青い光が駆け抜ける。

「……？　何しやがった？」

「攻撃された感じでもねーけどなー」

「……ハッタリか」

ロレンス、キース、ニックが口々に言う中。

ミアだけが、魔術発動のために手をかざしたまま凍《こお》りついていた。

「魔力が……消えた……？」

「は？　お前、何言って」

ロレンスがそう言った瞬間。


巨大ゴーレムの拳《こぶし》が、轟音《ごうおん》と共にロレンスの真横を突っ切っていった。


「え」

ぐしゃり、という音とともに、ミアの小柄《こがら》な体が有り得ない勢いで後方に吹っ飛んでいく。

遅れて、ガッ、ドゴッ！　というミアが地面や壁に叩きつけられる音もした。

ロレンスのパーティメンバーである魔術の天才は、紙くずのように殴《なぐ》り飛ばされた。

「な……はあ!?」

いつの間にか目の前にいる巨大ゴーレムの姿に、ロレンスは唖然《あぜん》とする。

有り得ない。

見えなかった。

こんなに鈍重《どんじゅう》そうなゴーレムだというのに、動きが目で追えなかった。

「てめえっ、よくもミア嬢を！」

「……【鳳翼三連《ほうよくさんれん》】」

キースとニックが巨大ゴーレムに攻撃を仕掛ける。

「ロレンス！　お前さんはミア嬢に回復を！」

「あ、ああ！」

キースに言われてロレンスは我に返り、ミアが飛ばされたほうに走っていく。

駆け寄ると、ミアはすでに虫の息だった。血まみれで、腕があらぬ方向に曲がっている。

「ミア、しっかりしろ！　今ポーションを使ってやる！」

ポーションはわずかだが魔力を帯びている液体で、飲ませればある程度の回復効果がある。

凄《すさ》まじく高価な品だが、Sランクパーティであるロレンスたちは当然常備している。

ロレンスはすぐにミアの口にポーションを運んだ。

だが、いつまで経っても効き目が出ない。

「くそっ、どうなってんだ!?　ポーションが効かねえぞ!?」

ミアが血反吐《ちへど》交《ま》じりにかすれた声で言う。

「……無、駄。魔力が、消えてる。この場所では、ポーションも、魔術も……使えない……」

「魔力が……消えてる？」

魔術師であるミアは魔力の流れに敏感だ。言われてみれば、最初にミアは魔術を使おうとして失敗していた。

思い当たるのは、最初に巨大ゴーレムが放った青い光。

あれが魔力を打ち消す効果を持っていたというのだろうか？

そんなおぞましい能力を持つ魔物など、今まで見たことがない。

「ぐぁあっ！」

「……っ！」

肉を砕《くだ》く音とともに聞こえた、二人分の悲鳴。

見ればニックとキースが巨大ゴーレムに殴《なぐ》り飛ばされていた。

キースの大剣とニックの魔力を纏った拳《こぶし》による連撃は、パーティ内でも屈指《くっし》の攻撃力を誇る。それなのに、巨大ゴーレムには傷ひとつない。

『――オオ』

巨大ゴーレムはゆっくりとした足取りで、ロレンスに向かってくる。

「くそったれ……来るなら来やがれ！」

剣を構えるロレンス。巨大ゴーレムは拳《こぶし》を振り下ろしてくる。

ロレンスはそれを回避しようとして、失敗した。

『オオオオオオオオオオッ!!』

「うぎゃあ！」

巨大ゴーレムの拳《こぶし》そのものは避けられた。だが、巨大な拳《こぶし》が地面を叩き割ったことで膨大な土砂《どしゃ》が巻き上がり、それがロレンスの体を容赦《ようしゃ》なく抉《えぐ》っていった。砂利《じゃり》の散弾によってロレンスは肉を削《そ》がれ、あまりの激痛に地面をのたうち回ることしかできない。

「くそったれ、なんでこんなことに……ッ」

普段なら、こんな攻撃かすりもしないはずなのに。

体が重い。思うように動かない。

『────』

次は外さない。そう言うように、巨大ゴーレムはロレンスを見下ろす。

「……っ、……っっ、うわあああああああっ！」

恐怖のあまりロレンスは剣を捨てて逃げ出した。

仲間を見捨て、自分だけは助かろうと無様《ぶざま》に広間の出口を目指す。

そこでようやく気付いた。

(なんだこれ……なんだよこれっ!?　全力で走ってるのに、全然進まねえ！)

この空間では魔力が消失する。魔力で体を強化する身体強化も、当然使えない。

今のロレンスは、どこにでもいる普通の青年でしかなかった。

『オオオッ！』

「いぎぃ！」

背後から巨大ゴーレムの拳《こぶし》がロレンスをとらえた。ロレンスはあっさり吹き飛ばされ、何度もバウンドして地面を転がる。

「うあ、ああっ、足があああああああああああ⁉」

その拍子《ひょうし》に、右足がぐちゃぐちゃに折れた。

もう逃げられない。

『――』

「や、やめて、ください。ゆるして」

ロレンスは転がったまま、涙と鼻水を垂れ流して命乞《いのちご》いをする。

けれど巨大ゴーレムに、そんなものが通じるわけがなかった。

巨大な拳《こぶし》が振り下ろされ、右半身が陥没《かんぼつ》する感覚とともにロレンスの意識は断絶した。

# 第六章　『迷宮』

教会を出た私とハルクさんは再び飛竜のもとまで戻り、飛竜に乗って王都を出た。

わざわざそうした理由は二つ。

一つは、単純に飛竜に乗ったほうが速いから。

もう一つは――

「……王都の外も魔物でいっぱいですね」

「ああ。やっぱり街の防衛に戦力を回してもらったのは正解だった」

飛竜に乗ったまま眼下を見ると、大量の魔物が王都に向かって進軍していた。

すごい数だ。全部合わせたら何千体もいるだろう。

もし飛竜がいなかったらあれを突っ切っていかないといけなかった。……考えるだけでぞっとする。

幸いにも魔物たちの中に空を飛んでくるものはいなかったので、私とハルクさんは飛竜に乗って魔物たちのはるか頭上をどんどん進んでいく。

魔物たちが出てきている方向に『迷宮』はあるはずだ。

「……」

「セルビア？」

「は、はい。なんでしょうか」

私が聞き返すと、ハルクさんは訝《いぶか》しげに尋ねてくる。

「何か気になることでもあるのかい？　王都を出てから、ずっと考え込んでいるようだけど」

「それは……」

ハルクさんの言葉を否定できない。私が余計な考えごとをしているのは事実だからだ。

「これから向かうのは危険な場所なんだろう？　何か心配ごとがあるなら先に話しておいたほうが

いいと思うよ」

「……そう、ですね。すみません」

ハルクさんの言う通り、今は目の前のことに集中しなくてはならないときだ。

無駄な考えごとをして気を散らしている余裕なんてない。

万全の状態で『迷宮』に挑むためにも、口に出してしまうべきだろう。

「ひとつ気付いたことがあるんです。『迷宮』について」

「どんなことだい？」

「いくらクリス様が祈祷《きとう》を中断させたからって、やっぱり『迷宮』がすぐに出現したのはおかしいです。魔神の封印はそこまでやわではありません」

それはずっと疑問だった点だ。

かつて祈祷《きとう》を行《おこな》っていた身として、封印の強度は感覚的に覚えている。少し祈祷《きとう》が途切れても問題ないくらいの代物《しろもの》ではあったはずだ。

「ハルクさん。山道の一件のあとにしてくれた話を覚えてますか？」

「山道っていうと……幽霊屋敷の件？　確か、リッチが急に現れたのはおかしい、みたいな話をしたね。それが今回のことと何か関係あるのかい？」

急な話題転換に首を傾げるハルクさんに、私は頷きを返した。

「はい。さっき王都で祈祷《きとう》を行《おこな》ったとき、違和感を覚えました。聖女候補の様子にです」

「何かおかしなことがあった？」

「彼女たちは、脆《もろ》すぎます」

私はそう言い切り言葉を続ける。

「『迷宮』の成長を止めるのは、私が祈祷《きとう》に慣れていることを差し引いても難しい作業ではありませんでした。あれだけの人数の聖女候補がいたのだから私がいなくてもなんとかなっていたはずなんです。少なくとも、数年前の彼女たちなら。でも、できていませんでした。あんな程度の祈祷《きとう》で息を切らして、泣きわめいて……」

言いながら私は下唇を噛んだ。

ここからは予想だ。なんの証拠《しょうこ》もない。

けれど私は口にせずにはいられなかった。

「私は教会にいたころ、とても長い時間の祈祷《きとう》を行《おこな》っていました。ですが、おそらくそのせいで他の聖女候補の質が下がってしまったんです。彼女たちが普段からもっと祈祷《きとう》を行《おこな》っていれば、『迷宮』の再封印くらいできたはずです」

私は誰かのためになるならと、長時間の祈祷《きとう》を進んで行《おこな》っていた。私は客観的に考えても他の聖女候補より強い加護を持っていたし、余力がある人間がやればいいと単純に考えてもいた。

けれど、加護の扱いや精神力は祈祷《きとう》をしなければ錆《さ》びていく。

少しの間ならともかく、それが数年も続けば簡単には戻らない。

私は目の前のことばかり考えて、結果的に聖女候補全体の質の低下を招いてしまった。

彼女たちは簡単な祈祷《きとう》すらおぼつかないほどに力を落としていたのだ。

それが今回の事態を引き起こした。

「私が教会を追い出された日から、少しずつ魔神の封印は緩んでいたんでしょう。リッチが現れたのも漏れ出した魔神の気配に当てられたせいです。そんな中、クリス様が祈祷《きとう》を中断させたことが駄目押しになって『迷宮』が生まれた。……それなら、責任は私にもあります。他の聖女候補から祈祷《きとう》の機会を奪っていたんですから」

私は眼下の光景に視線を向けた。

この周辺は、もう『迷宮』から生み出された魔物たちであふれかえっている。

騎士団のいる王都でさえ、多くの人が命を落としていた。このあたりにある小さな集落なんてひとたまりもないだろう。何人死んだかわからない。それはもう取り返しがつかない。

「私が悪いんです。私が考えなしに祈祷《きとう》を請《う》け負ったりしたから……」

「――それは違うよ、セルビア」

ぽん、と頭に手を乗せられる。

竜の手綱《たづな》を操《あやつ》ったまま片手を空《あ》けて、ハルクさんが後ろから私の頭を優しく撫でていた。余計な考えを追い払うように。

ハルクさんの予想外の行動に、私は困惑してしまう。

「は、ハルクさん？　何を――」

「セルビアがいなくなって数日で破綻《はたん》するような封印なら、もうずっと前からそれは駄目になっていたんだよ。むしろ今まで『迷宮』が出現しなかったのは、セルビアが頑張っていたからだ。だからセルビアは悪くない」

子供に言い聞かせるような口調だ。

「だ、駄目になってたって……あれは初代聖女様の施《ほどこ》した、由緒《ゆいしょ》正しい封印で」

「永遠に劣化《れっか》しない封印なんてないと思うけど。まあこれは僕の勝手な考えだから、もしかしたら間違ってるのかもしれないけどね」

ハルクさんは苦笑して、こう言葉を続けた。

「まあ、それを差し引いてもセルビアの責任なんてないと思うよ。濡れ衣を着せてセルビアを追放したのは他の聖女候補だし、セルビア一人に祈祷《きとう》を偏《かたよ》らせたのは教会の管理者である司教。むしろこれでどこにセルビアの悪い点があるのさ」

「……でも、そう簡単には割り切れないです」

私はぼそりとそう呟いた。励ましてもらえるのは嬉しいけど、やっぱり罪悪感は消えない。

「なら、なおさら目の前のことに集中しないと。『迷宮』の主《ぬし》を倒せば、すべて解決するんだから。それにはセルビアの力が必要だ」

「……はい!」

ハルクさんの言う通りだ。

今は後悔なんてしてる場合じゃない。やるべきことに目を向けるべきだ。

私はぱんっと両頬を自分で叩いて気合いを入れ、視線を前に向け直した。

やがて、私たちは『迷宮』の入り口にたどり着いた。

それは外から見ると単なる大穴に見えた。

平原のど真ん中にいきなり広大な穴が空《あ》き、そこから街を襲っていたのと同種の魔物たち――石製の人形《パペット》や岩の巨人《ゴーレム》が、続々と吐き出されている。まるで地獄《じごく》の門から亡者《もうじゃ》があふれ出したかのような光景だった。

地上に出た魔物たちは、ゆっくりとした足取りで王都のほうに進んでいく。

私たちは少し離れた場所で飛竜を降り、木立《こだち》の陰からその様子を観察していた。

前方の光景にハルクさんが思案顔で呟く。

「さすがに魔物が多いね」

「魔物を生み続けている大本《おおもと》ですからね……」

『迷宮』の入り口からは、絶えずゴーレムや戦闘人形《パペット》が現れている。上空を見たところ、入り口にそこまでの広さはないので、魔物をかわして突入するのは不可能だろう。

これ、どうしようもないのでは……？

「こうも魔物が多いとこのまま突っ込むのは難しいね。ちょっと待っててくれる？」

ハルクさんがそんなことを言う。

「ま、まさか一人で行くつもりですか？」

「いや、ちゃんと戻ってくるよ。でも道くらい作っておこうかと」

言うが早いかハルクさんは剣を抜き、『迷宮』の入り口に一人で突撃してしまった。なんてことを！

「は、ハルクさん!?」

「――武器強化【風刃付与】」

ハルクさんの呟きとともに剣から緑色の魔力があふれ、刀身を包み込んだ。輝く緑色の魔力の光によって、剣が倍近くまで伸長する。

『『『――――ッ!?』』』

魔物たちがギョッとしたように動きを止めた。

ハルクさんは瞬《また》く間に入り口付近にいた石人形を数体斬《き》り倒すと、洞窟《どうくつ》の中に単身乗り込んでいく。

洞窟《どうくつ》の奥から響いてくる、ザンッ！　ズバッ！　ゴッシャアアア！　という音。

なんですか？　今あの中では何が起こっているんですか？

数分後、ハルクさんは洞窟《どうくつ》から半身だけ出して手招きしてくる。

「セルビア、入り口近くの魔物はあらかた倒したよ。今なら安全に入れると思う」

「は、はい」

どうやら『迷宮』内に入りやすくなるよう、魔物の数を減らしてくれたようだ。

ありがたいけど、ちょっと申し訳ない気もしてきた。

もしかしてハルクさんだけなら問題なく『迷宮』に入れたのでは？

「？　どうかしたかい、セルビア」

「いえ、なんでもないです。すぐ行きます」

ハルクさんの後を追い、『迷宮』に足を踏み入れる。

『迷宮』の内部は、見た目だけなら単なる洞窟《どうくつ》と同じような印象だった。

薄暗く、埃《ほこり》と土が入り混じったにおいがする。足元も、ハルクさんが倒した魔物の残骸《ざんがい》が散らばっている以外は普通の地面と変わらない。

けれど明らかにただの洞窟《どうくつ》と異なる点もある。生き物の臓器のように脈打つ壁面。松明《たいまつ》もなしにあたりを見回せるほどの明るさ。

何より……ここには魔神が発するものと同じ、強い妖気が漂《ただよ》っている。

「やっぱり魔神の気配が強いですね……」

「……そうだね。聖女候補でない僕でも少し寒気を感じるよ」

魔神の妖気はリッチが発するものに近い特殊な気配なので、普通の人には感知できない。けど、この空間内ではそれが濃いため、例外的にハルクさんも知覚できるようだ。

「奥に進もう。『迷宮』の主《ぬし》は最深部にいるんだよね？」

「はい」

『迷宮』は主《ぬし》を倒せば崩壊する。

今回の私とハルクさんの目的は、『迷宮』の主《ぬし》を討伐《とうばつ》することだ。

「それじゃあ行こうか、セルビアは僕の後ろから慎重についてきて」

ハルクさんが先行し、私はあとからついていく形で、私たちは『迷宮』の攻略を開始した。

行く手を阻《はば》む魔物をばったばったと斬《き》り倒し、『迷宮』の奥に進んでいく。

……まあ、斬《き》っているのはハルクさん一人なのだけど。

「魔物の数は多いけど、このくらいの強さならなんとかなるね」

何体目になるかわからない魔物を倒し終えて、ハルクさんは言う。

「そうですね……」

「なんでちょっと落ち込んでるんだい、セルビア」

「いえ、なんでも……」

ハルクさんは本当に強い。今のところ私の出番はまったくないほどだ。

……いやいや、まだ『迷宮』攻略は始まったばかり。

私も役に立てる機会があるかもしれないし、気合いを入れていかないと。

そんなことを考えながら『迷宮』の中を進んでいくと——

「ここは……また妙に広いね」

「はい。今までの通路と全然違います」

私たちの目の前に、不自然なほどだだっ広い空間が現れた。

今までは狭い通路だったけど、ここは大広間とでもいうべき面積を備えている。どうしてこんな場所があるんだろう？

視線を巡らせると、広間の奥には先に続く通路があった。

「あっちに道があるね。進もうか」

「はい。……あいたっ」

がつん、と何かにつまずいて、私は転びかける。

慌《あわ》てたようにハルクさんが駆け寄ってきた。

「セルビア、大丈夫？」

「は、はい。平気です。でも、こんなところに何が……」

言いかけて、私はぎくりと目を見開いた。

私がつまずいたのは小石でも岩の出っ張りでもなかったからだ。

それは人だった。

より正確に言うなら——地面に埋《う》め込まれた人間の一部だった。

「たす、けて、たすけて、くれ……」

「——っ」

その人の下半身から肩までは地中に埋《う》まってしまっている。

右腕の他に唯一露出している顔の右半分が、苦痛に歪《ゆが》んでいた。

頭部は血まみれで、生きているのが不思議なほど。

凝固《ぎょうこ》して黒くなった血のせいで、似た色の『迷宮』内に同化し、近づくまで気付かなかったのだ。

私は思わず声をあげる。

「だ……大丈夫ですか!?　ここで何があったんですか!?」

「ばけもの、が……いきなり……」

ばけもの――化け物？　途切れ途切れの言葉のせいでよく聞き取れない。

とにかく回復魔術を使うべき？

でも、体の大半が地面に埋《う》まっている今の状態では、治療しても意味がない。そもそもどうしてこんなところに人がいるんだろうか。

混乱する私の耳に、信じられない言葉が届いた。

「……ロレンス……？」

「……え？」

「その鎧《よろい》……ロレンスなのか!?　なぜこんなことに……！」

ハルクさんの口から出た名前に耳を疑う。

この死にかけている人物が、ロレンス？　ハルクさんを追い出した『金色の獅子』の!?

いや、ロレンスだけじゃない。

驚いて顔を上げた私の視界の端にあるものが映る。

それは壁にめり込み同化しかけた、別の人間の姿だった。

よくよく周囲を見回せば、ロレンスの他にも三人ぶんの人影がある。『金色の獅子』の人数と同じだ。

彼らは全員、体の一部が壁や地面に――『迷宮』に呑み込まれようとしていた。

「ロレンス！　今助ける、気をしっかり持ってくれ！」

「あ……お、まえ」

「！　ロレンス、僕がわかるのか⁉」

ロレンスに声をかけ続けるハルクさんに、ロレンスは掠《かす》れ声で呟いた。

「うし、ろ。みろ」

「え？」

直後。


『――オォオオオオオオオオオオオオオオオオオオオオオオオオオオオオオオオオオオオオオオオオオオッッ‼』


広間の天井《てんじょう》から巨大な何かが降ってきて、ハルクさんの背後で凄《すさ》まじい咆哮《ほうこう》をあげた。

それは見上げるほどの体躯《たいく》を持つ、巨大なゴーレムだった。

王都や『迷宮』の中で見た他のどのゴーレムと比べても二回り以上は大きい。そんな怪物が、まるで退路を断つかのように私とハルクさんの背後に落下してきたのだ。

「な、なんですかこれ⁉」

「セルビア。この魔物に心当たりは？」

「あ、ありませんよ！　教会の記録にこんな巨大なゴーレムなんて……でも、明らかに今まで見た魔物とは別格です。このゴーレムからはとても強く魔神の気配がします……！」

巨大ゴーレムから視線を外せないまま、私はハルクさんの質問に答えた。眼前の巨大ゴーレムからは、おぞましいまでに濃密な魔神の妖気が発されている。

「……この広間の主《ぬし》、といったところかな」

そう呟き、ハルクさんが剣を抜く。臨戦態勢だ。

『――――』

対して巨大ゴーレムが真っ先に行《おこな》ったことは、ハルクさんに殴《なぐ》りかかることではなく――

その場に強く拳《こぶし》を叩きつけることだった。

「きゃあっ！」

強い震動とともに、巨大ゴーレムが拳《こぶし》で打った地点から青い光が円状に広がっていく。

今の青い光はなんだろう……？

震動によって尻餅をついた私にハルクさんが視線を向ける。

「セルビア、大丈夫!?」

「は、はい」

「下がったほうがいい。あまり敵の近くにいると危険だ」

言われた通りに後退する。確かに私がそばにいてはハルクさんも動きにくいだろう。

（あ……ロレンス……）

ハルクさんが剣を構えるすぐ近くには、死にかけのロレンスがまだ残っている。

体が半分地面に呑み込まれかけているロレンスは、当然私には避難させられない。

せめて障壁魔術で守っておこう。

そう思って、ようやく気付いた。

（……魔力が使えない？）

【聖位障壁《セイクリッドバリア》】の魔術を使おうとしたのに発動しない。魔力が感じられないのだ。

思い当たるのは、さっき巨大ゴーレムが放った青い光。

まさかあの光のせいで魔力を封じられたんじゃあ……!?

『ウォオオオオオオオオオオオオオオオッ！』

「っと……あれ、体が重いな」

巨大ゴーレムの攻撃を紙一重《かみひとえ》でかわしながら、ハルクさんも首を傾げている。

「ハルクさん！　今この場所では魔力が消えているみたいです！」

「そうらしいね。身体強化も使えなくなっている――っとと」

『オオオオオオオオオ!!』

巨大ゴーレムの拳《こぶし》がハルクさんの真横の壁を砕《くだ》く。

割れた洞窟《どうくつ》の壁が瓦礫《がれき》となってあたりに飛び散り、そのうちいくつかがハルクさんの体を掠《かす》めた。

掠《かす》り傷とはいえ――私は初めて、ハルクさんが傷を負うのを見た。

（これ……まずいんじゃ）

この空間では魔力が封じられている。

おそらくそれが巨大ゴーレムの能力なんだろう。青い光によって魔力を封じ、身体強化や魔術を使用不能にする。

ロレンスたちがやられてしまった原因もそれだ。強力な魔術や身体強化を扱える人間ほど、より大幅な弱体化を課せられる。

そしてそれは、いま戦っているハルクさんも例外じゃない。

『オオオオッ！　オォオオオオオオッッ!!』

「……」

『ウゥウオオオオオオオオオオオオオオオッッ!!』

「……ふむ」

ハルクさんは回避に徹《てっ》して巨大ゴーレムを凌《しの》いでいるけど、いつまで続けられるかわからない。

巨大ゴーレムは最初に青い光を発して以降、特殊な行動を一切してこない。そもそも他の能力を持っていないか、魔力を封じた影響で使えなくなっているか――なんにせよ、ここから追加で何かしてくることはなさそうだ。

そうなると、あとは純粋な物体としての勝負。

生身の人間と、超重量の岩の塊《かたまり》との。

……勝てるわけがない。

耐え切れずに私は叫んだ。

「ハルクさん、逃げましょう！　こんなの勝てっこな――」

「よし。見切った」

……え？

ハルクさんが突然前に出た。

それから巨大ゴーレムの猛攻をするりと抜けて肉薄《にくはく》すると、腕の中程に剣を叩きつけ――

そして、断ち切った。

『――――ッ⁉』

「まだいくよ」

巨大ゴーレムの攻撃を潜《くぐ》り抜けて斬撃《ざんげき》し、反撃も捌《さば》いてさらに斬《き》りつける。

今のハルクさんは身体強化を使えないはずなのに、なぜか一撃ごとに巨大ゴーレムの岩でできた体が斬《き》り裂かれていく。

『オオ……オ……』

巨大ゴーレムはやがて力を失い、ただの瓦礫《がれき》の山となってその場に崩れ落ちた。

再度動き出す様子はない。完全に息絶えている。

ハルクさんが反撃に転じてから、巨大ゴーレムはわずか数分で討伐《とうばつ》されていた。

私は思わずハルクさんに尋ねる。

「ハルクさん、身体強化が使えなかったんじゃあ……？」

「それはそうだけど……身体強化が使えなくても、まあこのくらいはね」

こともなげに言われてしまった。

普通の人は生身で岩を斬《き》れないと思う。

私が呆気《あっけ》に取られていると、ハルクさんは苦笑した。

「さすがに真っ向勝負したわけじゃないよ。比較的柔らかいゴーレムの関節を狙ったたし。どんなものにだって目に見えないレベルで組成《そせい》の隙間みたいなものはある。そこにきっちり刃《やいば》を通せば、岩くらいなら案外斬《き》れるものだよ」

「……そ、そうですか」

つまりハルクさんは『戦闘しながら目視できない敵の急所をピンポイントで見切って攻撃した』らしい。身体強化も使えない状態で。

に、人間業《にんげんわざ》じゃない……

「でも、さすがにちょっと無傷では倒せなかったな。ちゃんと戦って怪我《けが》したのなんていつぶりかなあ」

「あ、治療します」

巨大ゴーレムを倒したからか、魔力が使えるようになったみたいだ。

ハルクさんのほうに寄っていって回復魔術をかける。掠《かす》り傷程度ではあるけど、処置しておくに越したことはない。

「助かるよ。ありがとう」

「……いえ。こんなことくらいしかできなくてすみません」

「いやいや、十分心強いよ」

なんだか気を遣わせてしまっている気すらする。心苦しい……

「……」

私が一人で虚《むな》しさを感じていると、ハルクさんは視線を横に向けていた。

その先には半死半生《はんしはんせい》のロレンスたちの姿がある。

「ハルクさん。……ロレンスたちはどうしますか？」

「……治療してもらえるかい、セルビア。できればこのまま見殺しにはしたくない」

ハルクさんは申し訳なさそうに言った。この反応からすると、きっとハルクさんも私と同じことに思い至っているんだろう。

確認するように、私はハルクさんに告げた。

「一応言っておきますけど……『迷宮』の暴走、この人たちのせいだと思いますよ」

「……」

「『迷宮』は人間から魔力を奪います。ロレンスたちが壁や地面に呑み込まれているのはそのためでしょう。『迷宮』が彼らから魔力を得ているのは間違いありません」

『迷宮』が短時間で暴走した理由。

それはおそらく、ロレンスたちから魔力を奪っていたからだ。

軍隊を丸ごと呑み込んで、かつての『迷宮』は暴走を引き起こした。ロレンスたちは、たった四人でその軍隊に匹敵《ひってき》する魔力を賄《まかな》ってしまったのだ。

他に『迷宮』に突入した人がいない以上、そうとしか思えない。

早い話、街が襲われているのはこの四人のせいということである。

ハルクさんは少しだけ黙考したあと、小さく溜め息を吐《つ》いた。

「やっぱりそうなんだね。でも、頼むよ。……このままじゃあ、ロレンスたちがあまりに哀《あわ》れだ」

「ハルクさんがそう言うならいいですけど……」

ちょっと釈然《しゃくぜん》としない気持ちだったけど頷いておく。

私より複雑な気分のはずのハルクさんが助けたいと言っていることだし、ここはハルクさんに免じて治療するとしよう。

とはいえ、問題がある。

「でも、治療するにしても難しいですよ。ロレンスたちが壁や地面に埋《う》まっていることのほうが問題です」

ロレンスたちは現在、『迷宮』の壁や地面に体の大半を呑み込まれている。

この状態で回復魔術を使った場合、怪我《けが》は治せてもロレンスたちを拘束《こうそく》から解放することはできない。

「なら、埋《う》まってる部分を掘ってみようか」

ハルクさんがこともなげにそう言い、剣を抜く。さらに目にも留まらぬ速度で剣を振るい、ロレンスを呑み込もうとしている地面だけを抉《えぐ》り取った。

普通の地面ならロレンスたちを掘り返すことができたかもしれない。

けど、やっぱり『迷宮』は普通じゃなかった。

「……駄目か。掘ったそばから修復されるね」

『迷宮』も、ロレンスたちをよっぽど逃がしたくないんでしょうね」

ハルクさんが掘った砂や土は、まるで引き寄せられるようにひとりでに元の場所に戻ってしまう。

特に手足を拘束《こうそく》している部分は修復が早く、ハルクさんでも完全に掘り返すことはできないようだ。

ハルクさんは少し考え込んでから、私に尋ねてきた。

「セルビア。きみの治療魔術はどこまで治せる？」

「どこまでと言われても……。死んでいなければだいたいは治せると思いますよ」

「千切れた手足も復元できる？」

「あ、それならできます。くっつけるほうでも生《は》やすほうでも――って、まさか」

「……他に方法が思いつかないからね」

私がぎくりとして聞くと、ハルクさんは頷いた。

それからハルクさんは、足元のロレンスに尋ねる。

「ロレンス。今からきみを助けようと思う。……地獄《じごく》のような痛みを伴《ともな》うけれど、覚悟はあるかい？」

「……なんでも、いい。たす、けてくれ……」

「その言葉に二言《にごん》はないね？」

「……あ、あ……だから、はやく」

「わかった」

ハルクさんはそう言い、剣をロレンスに向けた。

何かを察したようにロレンスが血まみれの顔をこわばらせる。

けれどロレンスが何か言うより早く、ハルクさんは神速の斬撃《ざんげき》を繰《く》り出した。

回数は四回。

それによって——ロレンスの両手両足が、『迷宮』の拘束《こうそく》ごと切断された。

「ああ、ぎゃあ、あああああああああああああああああああああああああああああああああああああ!!」

絶叫が響き、尋常じゃない量の血がロレンスの手足の切断面から噴《ふ》き出していく。

ハルクさんのやったことは単純だ。

手足の拘束《こうそく》が外れないなら、ロレンスの手足もろとも斬《き》り離す。

手足の欠損は私の回復魔術で治せば問題はない。……数秒間の激痛を除けば。

ハルクさんは『迷宮』の地面から解放されたロレンスを抱《かか》え、私に鋭《するど》く指示する。

「セルビア、回復魔術を！」

「は、はい！【聖位回復《セイクリッドヒール》】！」

最高威力の回復魔術を使ってロレンスの切断された四肢を復元させる。失った血液も戻したので、
これでロレンスが死ぬことはない。

「は、はあっ……はあっ、はあっ！ あああああっ……！」

滝のように脂汗《あぶらあせ》を流し、ロレンスは転がったままあえぐ。

当然の反応だろう。数秒間とはいえ手足を斬《き》られるなんて、想像を絶する痛みのはずだ。

けれど、その甲斐《かい》あってどうにかロレンスを『迷宮』の拘束《こうそく》から解放できた。

「セルビア。悪いけど、今のをあと三回お願いできるかな」

「……わかりました」

ハルクさんについて『金色の獅子』の残り三人のもとに向かった。

ロレンス同様、残り三人もハルクさんが斬撃《ざんげき》によって拘束《こうそく》から強引に解放する。

「ぎゃあああああああああああああああああああっ！」

「嫌、やめて、やめてぇぇえええええ」

「手がっ、俺の手がァアあああああああ！」

ハルクさんに手足を斬《き》り落とされたキース、ミア、ニックの三人を回復魔術で治療する。

……かなり壮絶な光景だ。

腕や足は私がすぐに再生させているとはいえ、痛みや精神的なショックまでは消すことができない。

初対面のとき、あれほど自信に満ちていた『金色の獅子』の面々は、いまや涙とよだれを撒《ま》き散らして地面をのた打ち回っていた。

「痛い、痛いっ……」

「もう嫌だ……畜生《ちくしょう》、なんで俺がこんな目に遭《あ》わなきゃいけねえんだよぉお……！」

苦悶《くもん》の声を漏らすミアとキース。残り二人は呻《うめ》くことすらできていない。

ハルクさんが剣についた血を払い、私に申し訳なさそうに言った。

「悪かったね、セルビア。この方法しか思いつかなかった」

「いえ……」

私より直接手を下したハルクさんのほうが、精神的な疲労度は大きいだろう。

とても自分だけ嫌な顔なんてできない。

「かなり時間を食ってしまった。巨大ゴーレムがまた現れる気配もないし、僕たちはこのまま先に進もう」

「わかりました」

巨大ゴーレム戦とロレンスたちの治療で時間を使ってしまった。

最深部にいる主《ぬし》を倒さない限り『迷宮』は魔物を吐き出し続ける。先を急がないと。

——なんて考えていたら。

「ま……待てよ、お前ら！」

その場を去ろうとする私たちに、ロレンスが背後から慌《あわ》てたように声をかけてきた。

最初に治療したロレンスは、どうやら喋《しゃべ》れるくらいに回復したらしい。

「なんだい、ロレンス」

ハルクさんが尋ねると、ロレンスは言った。

「お前ら、俺たちを置いていくつもりか？」

「……そうだね。僕たちは先に進まなきゃいけない」

ハルクさんの言葉に、私は内心で同意する。

今の私たちの最優先目標は『迷宮』の主《ぬし》を倒すことだ。

これ以上ここで足止めを食うわけにはいかない。

それを聞いて、ロレンスはこうのたまった。

「俺たちは街に戻る。こんなところにもういたくねえ。だが帰ろうにも、今の俺たちじゃ『迷宮』の雑魚《ざこ》魔物どもにも不覚を取るかもしれねえ。そこでだ。お前ら、俺たちを街まで護衛してくれ」

……え？

この人たちを街まで護衛？　『迷宮』攻略を中断して？

いったいなんの冗談だろう。

「ロレンス。さっきも言ったけど、僕たちにはやることがある」

「そんな冷たいこと言うなよ、ハルク。ちょっと前までパーティ組んでた仲じゃねえか。お前なら俺たち四人を守ることとくらい楽勝だろ？」

ハルクさんに対し、まるで友人にでも話しかけるような馴《な》れ馴《な》れしさでロレンスが言葉を重ねる。

「なあ、頼むよ。これまでのことなら謝るからさぁ、今だけ前みたいに助けてくれよ」

「……」

「今の俺たちこんな状態だしよぉ、お前に見捨てられたら死んじまうかもな。優しいお前ならそんな酷《ひど》いことしねえだろ？　なっ？」

うわあ、と思った。

この人は本当に何を考えているのか。

確かにこのまま放置すれば、衰弱しているロレンスたちは死んでしまうかもしれない。

けれどそんなの自業自得《じごうじとく》もいいところだ。そうなっても仕方ないと思う。

「…………はあ」

けれど、ハルクさんは溜め息を吐《つ》き、ロレンスに言った。

「……わかったよ。けど洞窟《どうくつ》の入り口までだ」

「ああ、さすがハルクだ！　話がわかるな！」

……

………？

ハルクさんが何を言ったのか一瞬理解できなかった。

「悪いけど、セルビア。少しだけ寄り道させてくれるかい」

「は、ハルクさん、考え直してください。そこまでする義理はないと思います」

傷も治したたし、『迷宮』からも解放した。

これ以上手を貸す必要がどこにあるというのか。

私の言葉にハルクさんは小さく笑みを浮かべる。

けれどそれはいつもの優しげな微笑とはかけ離れた、どこか自嘲《じちょう》の色をうかがわせるものだった。

「けど、弱っているロレンスたちだけじゃ『迷宮』からは出られない。死んでしまう可能性もある」

「……それならそれで仕方ありません。この人たちは自力で戻るべきです」

「……そうかもしれない。けど、僕は……」

ハルクさんは視線を下に落としてしまう。自分がどうすべきなのか決めかねているようにも見えた。

私がさらに言い募ろうとすると、それを遮《さえぎ》るようにロレンスが声をあげる。

「おい、うるせーぞバカ女。俺たちの価値がわかってねえのか？　Sランクパーティの俺たちが万が一死んだらどれだけ国の損失になると思って――」

「――あなたたちのせいで何人死んだと思っているんですか？」

自分でも、驚くくらい冷たい声が出た。

けれど仕方ない。そのくらい私は腹が立っているのだ。

「Sランク？　損失？　笑わせないでください。あなたたちが勝手に『迷宮』に入り込んだせいで、今王都は大量の魔物に襲われて、あちこちに死体が転がっている状態なんですよ。それなのに自分たちだけは助かろうとするんですか？」

『迷宮』が暴走したのはロレンスたちのせいだ。

彼らがエドマークさんの指示に従い、ギルドと連携して『迷宮』に突入していれば、こんなことにはならなかっただろう。

「せ、セルビア？」

「すみませんハルクさん。でも言わないと気が済みません」

ハルクさんの制止を振り切り、私は言葉を続けた。

「だいたい、自分たちでパーティから切り捨てたハルクさんに今更頼ろうとするなんて虫がよすぎるんです。図々しいにも程があります。ハルクさんの善意にすがるような真似をして恥ずかしくないんですか？」

「て、てめえ……俺に説教垂れようってのか⁉」

「間違っていることを間違っていると言って何が悪いんですか」

ロレンスの言うことは、まるで子供の癇癪《かんしゃく》だ。

聞いているだけ馬鹿馬鹿しい気持ちになる。

「……ッ！　いい度胸だなクソアマぁ！」

逆上したロレンスが殴《なぐ》りかかってくる。

「【聖位障壁《セイクリッドバリア》】」

「ぐぉっ⁉」

衰弱しているだけあって、ロレンスの動きは遅かった。

ロレンスの進路を妨害《ぼうがい》するように、広間の端から端まで届く巨大な障壁を張る。

それに激突したロレンスは、鼻を強打してひっくり返った。

「く、くそっ、なんだこの壁！」

ロレンスはどんどんと障壁を殴《なぐ》りつけるけど壊れない。

当然だ。仮にも元聖女候補が全力で張った障壁なのだから。

いかにロレンスでも、今の弱り切った状態では破壊できないだろう。

これでロレンスは壁のこちら側――つまり、私とハルクさんには手出しできない。

「行きましょう、ハルクさん」

「う、うん。でも……いいのかな」

「い・い・ん・で・す！」

ハルクさんの手を引き、『迷宮』の奥へと向かう。

これ以上あんな人の相手をして、時間を無駄にするわけにはいかない。

「ま、待て！　おい、どこに行くつもりなんだよ！　俺たちを見捨てるつもりか!?　なあ、死んじまうぞ、本当に俺たちは死んじまうかもしれねえんだぞぉおおおおお！」

どんどんと壁を殴《なぐ》りながらロレンスが喚《わめ》き続けている。

無視無視。

Sランクパーティなら自分たちでなんとかしてほしい。

私とハルクさんはさっさと広間から出て行った。


「さっきはありがとう、セルビア」

ロレンスたちを広間に置き去りにして『迷宮』を進む。

湧《わ》いてくる魔物を一通り斬《き》り伏《ふ》せたあと、不意にハルクさんがそんなことを言ってきた。

「ありがとうって……なんのことですか？」

「ロレンスたちに怒ってくれたことだよ。確かに彼らは自分たちの意思でここに来たんだから、自力で帰るのが当然だ。けど、僕は彼らを必要以上に助けようとしてしまった」

「……そうですね」

私たちは死にかけているロレンスを救出した。それで十分だろう。

彼らに世話を焼いて『迷宮』攻略がおろそかになったら本末転倒《ほんまつてんとう》だ。

ハルクさんは苦笑いをしながら、再び口を開く。

「僕は誰かに厳しく言うのが苦手でね……。しおらしい態度を取られると、いつも断り切れない。パーティを組んでいた頃もしょっちゅう丸め込まれていた気がする」

「ハルクさんは優しすぎます。あんなこと言われたら普通は腹が立ちますよ」

「……面目《めんぼく》ない。自分のことだとうまく怒れなくて」

「あー……」

そういえば最初にハルクさんと出会ったときも、落ち込んではいたけどロレンスたちに対して怒ってはいなかったっけ。

人がいいというか、損な性格というか。

……いや、ハルクさんの過保護っぷりにさんざん助けられてる私が言うのもなんだけど。

そんな話をしているうちに、私はあることに気が付いた。

「あ……」

「最下層、だね」

ハルクさんも、ぽつりと呟く。

巨大ゴーレムの広間を出てから、ずっとなだらかな下り坂になっていた『迷宮』だけど、それがとうとう途切れた。

目の前は巨大ゴーレムがいた場所よりもさらに広大な空間だった。

視線を巡らせても、先に続く道はない。

つまりここが『迷宮』の最深部なんだろう。

「……奥に何かいる」

ハルクさんが視線を大広間の奥に向ける。その方向に目を凝《こ》らすと、私にもそれが見えた。

「人……いえ、鎧《よろい》ですか？」

大広間の奥には、壁に埋《う》もれるようにして何かが上半身だけを露出させている。

ちょうど巨大ゴーレムの広間でロレンスたちがそうなっていたように、体の大部分を『迷宮』に埋《うず》めているのだ。

「そう見えるね」

それは甲冑《かっちゅう》を纏《まと》った人間のように見えた。

鎧《よろい》姿のそれは手足と下半身を『迷宮』の壁に同化させている。壁には青く光る放射模様が浮かび、その何かが埋《う》まっている部分に向かって伸びていた。

まるで生き物の血管が心臓に血液を送るように、青い光はどくんどくんと脈打っている。

「セルビア。あれが『迷宮』の主《ぬし》かい？」

「……はい。あの鎧《よろい》からは魔神とほとんど変わらない気配が感じられます」

『迷宮』内は魔神の気配に満ちている。

けれどあの鎧《よろい》が発する妖気は、『迷宮』内を漂《ただよ》うものとは比べ物にならない。

その鎧《よろい》を見つめて、ハルクさんは顎《あご》に手を当てる。

「ということは、あれを壊せば『迷宮』は消えるのかな」

「そのはずです。ですが――」

「わかってる。そう簡単にはいかないだろうね」

そんなことを話していた、そのとき。

不意にがしゃり、と音がして、鎧《よろい》の兜《かぶと》が角度を変えて私たちを見た。

『問う。お前たちはここに何をしに来た』

脳内に直接響くような声。あの鎧《よろい》が私たちに話しかけているのだ。

ハルクさんが剣を抜きつつ応じる。

「きみを倒しに来た。『迷宮』を滅ぼすために」

『……やはりそうか』

鎧《よろい》は静かに俯《うつむ》き、言葉を続けた。

『では、殺さねばならぬ。我が主《あるじ》を復活させるために一人でも多くの力ある者を殺さねばならぬ。お前たちは実に優秀な魂《たましい》の持ち主だな。殺して養分にしてやろう』

『迷宮』の壁が強く光る。

鎧《よろい》はゆっくりと『迷宮』の壁から腕と足を引き抜き、その全身を現した。

その姿は一言《ひとこと》で言えば、黒塗りの甲冑《かっちゅう》を纏《まと》った黒い騎士。

けれど全身鎧《ぜんしんよろい》の中からはまったく生気が感じられない。兜《かぶと》の奥では、人間では有り得ない青い光が目のように揺れている。

手には大剣。

どうやらあれが黒騎士の武器のようだ。

『――いくぞ、養分ども』

黒騎士は宣言し、猛然と地を蹴《け》った。洞窟《どうくつ》そのものを揺るがすような突撃。

『ウォオオオオオオオオオオオオオオオオオッッ！』

「……っ、なるほど。重いね」

振り下ろされた大剣を、ハルクさんが真っ向から受け止める。その衝撃の余波だけで私は転びそうになった。

は、傍《はた》から見てるだけなのに怖すぎる……！

『！　人間風情《ふぜい》が我が剣を受け止めるか』

「このくらいは。じゃあ、次は僕の番だ」

ハルクさんは黒騎士の剣を弾《はじ》き返すと、攻めに転じた。

そこからはもう目で追えなかった。

ハルクさんの長剣が白い光の線にしか見えないような速度でひるがえり、甲高《かんだか》い金属音が激しく響く。火花が散り、薄暗い洞窟《どうくつ》をわずかに照らす。

私は驚いた。おそらくハルクさんも。

黒騎士はハルクさんの猛攻を、掲《かか》げた大剣で防御していたのだ。

「……きみはきちんと剣を使えるのか」

『愚弄《ぐろう》するな、小僧が。この程度は造作もない』

「そういう意味じゃないんだけど……」

普通、魔物は武器なんて使えない。知性がないからだ。たまにゴブリンなんかは棍棒《こんぼう》を扱うこともあるそうけれど、黒騎士の剣捌《けんさば》きはそんな次元じゃなかった。

それはまるで、優《すぐ》れた人間の剣士の動きのよう。

『迷宮』の主《ぬし》が普通の魔物じゃないことはわかっていたけど……まさかハルクさんの剣術に対応できるほどだなんて。

斬撃《ざんげき》の応酬《おうしゅう》を続けながら、ハルクさんは呟いた。

「……確かにすごい技術だ。さすがは『迷宮』の主《ぬし》だよ。だけど――」

ハルクさんの長剣が、振り下ろされた黒騎士の大剣を横から強く弾《はじ》く。

それだけで、黒騎士は簡単にバランスを崩した。

『何っ⁉』

「僕を相手に使う武器が剣というのは致命的だ。……僕の師匠は世界一強い剣士だった。そして彼女との戦いに慣れた僕にとっては、きみの剣は遅すぎる」

そこからは一方的だった。黒騎士がいくら剣を振ってもハルクさんには掠《かす》りもしない。まるで黒騎士が次にどう動くか、ハルクさんにはすべてわかっているようだった。

「終わりだ」

ハルクさんが剣を振るう。

キンッ、という音が響いた。

「え？」

次の瞬間、目の前の光景に私は呆気《あっけ》にとられた。

ハルクさんがあっけなく『迷宮』の主《ぬし》を倒したから――ではなく。

黒騎士の首を斬《き》るはずだったハルクさんの剣が、半《なか》ばからへし折れていたからだ。

「そんな……！」

信じられない！　岩を斬《き》っても刃こぼれひとつしなかったハルクさんの剣が折れるなんて！

黒騎士は嘲笑《あざわら》うように言う。

『俺を斬《き》れると思ったか？　残念だったな、剣士の男よ』

「……」

『俺は「迷宮」の主《ぬし》だ。「迷宮」から生まれた魔物たちが人間を殺すことで強くなる。お前たちより先に「迷宮」に侵入してきた四人、さらに街の人間ども。それらから膨大な魂《たましい》を吸収した俺は、今や世界中のあらゆる物質より硬い。いくら貴様が剣の達人であっても、そんなものでは俺の体は斬《き》れんよ』

黒騎士の言葉に、私は愕然《がくぜん》とした。

『迷宮』は、魔神復活の依《よ》り代《しろ》を作るための装置だ。依《よ》り代《しろ》である黒騎士は、『迷宮』の魔物たちが人間を殺すたびにその魂《たましい》を吸って強くなっていく。

王都の人々や、ロレンスたち『金色の獅子』から魔力を吸った黒騎士は、いまや途轍《とてつ》もなく強化されているのだ。

「……どれだけ人間を殺したんだい、『迷宮《きみ》』は」

『いちいち数えてなどいられんよ。多すぎてな』

「なるほど。やはりきみは倒さなければならない存在だ」

ハルクさんは折れたままの剣を構え、集中力を高めていく。

「身体強化、【剛力】【縮地】。武器強化――【風刃付与】」

ハルクさんの肉体を淡い光が包み、さらに折れた剣から翡翠《ひすい》色の光が放出される。

さっきまでとは比べ物にならないくらいの圧迫感。ハルクさんが本気になった証拠《しょうこ》だ。

『無駄なことを……いいだろう、好きなだけ試すがいい』

「そうさせてもらう！」

風を斬《き》る音と鋭《するど》い衝撃音が連続する。

ガンッ！　と黒騎士の体が激しくよろめいた。

けれど黒騎士の鎧《よろい》は切断されていないどころか、ひびすら入っていない。

逆にハルクさんの剣は折れた状態からさらに亀裂《きれつ》が入り、今にも砕《くだ》け散りそうだった。

「……これでも駄目か」

『無駄だと言っただろう。いくら強く振ったところで、鉄の塊《かたまり》ごときが俺を斬《き》れるものか』

黒騎士は地面に手を向ける。

すると地面から黒騎士が持っているものと似た意匠《いしょう》の長剣が生《は》えてきた。

それを抜き取り、ハルクさんのほうに放り投げてくる。

『そら、この剣を使うがいい。折れたうえにひびまで入ったなまくらでは戦えんだろう』

「……？　なんのつもりだい」

ハルクさんが訝《いぶか》しげに言う。当然だろう。ハルクさんに武器を与えて黒騎士に利点があるとは思えない。

『俺は魔神様の器《うつわ》となる身だ。少しでも魔神様に強い器《うつわ》を差し上げるため、多少は剣の扱いを思い出しておきたいのだよ。どうやら貴様はその練習相手にはうってつけのようだ』

「言ってくれるね……」

ハルクさんはひび割れた剣をその場に置き、黒騎士が寄越した剣を手に取る。

練習相手って……あの黒騎士はハルクさんを前にまったく危機感を抱《いだ》いていないようだ。

それだけ自分の力に自信があるということだろう。

『そうだ、忘れていた。こうしておかなくては』

黒騎士が手をかざすと、私のすぐ真後ろからがらがらと音が聞こえた。

それは、この大広間のたったひとつの出入り口が崩落によって潰《つぶ》される音だった。

天井《てんじょう》が破壊され降ってきた瓦礫《がれき》が、完全に道をふさいでしまっている。

「――っ、お前、出口を！」

『これで貴様らはもう逃げられん。さあ、存分に斬《き》り合うぞ。貴様が死ぬまでな』

黒騎士が剣を構える。

ハルクさんは瞑目《めいもく》し、覚悟を決めたように黒騎士に斬《き》りかかった。

「はあああああっ！」

『ウォオオオオオオオオオオオオオッ！』

斬《き》り合いを見る限り、剣の技術は完全にハルクさんが上だ。

けれど、どんなに攻撃を当てても黒騎士の鎧《よろい》には傷ひとつつかない。黒騎士の鎧《よろい》があまりに硬すぎるからだ。

しかも――黒騎士は徐々にハルクさんの剣についていけるようになっていった。

『ははっ、ははははっ！　どうした、そんなものか！　動きが鈍《にぶ》っているぞ人間！』

「くっ……」

いくらハルクさんとはいえ体力は無限ではない。

『迷宮』から魔力を絶えず補給し続ける黒騎士のほうが長時間戦では圧倒的に有利だ。

「は、ハルクさん！　私も何か手伝いを」

「セルビアはそこから動かないで！　守る余裕がない！」

「――っ」

今まで聞いたこともないような切羽詰《せっぱつ》まったハルクさんの声に、足が止まってしまう。

戦闘が速すぎてとても私には手が出せない。

ハルクさんの後ろで黙って見ていることしかできない。足手まといもいいところだ。

(何か……何かないんですか、ハルクさんを助ける方法は)

ちょうどそのとき、ハルクさんが最初に投げ捨てた剣が目に入った。

半《なか》ばから折れて、ひびの入った壊れかけの長剣。

そうだ、あれがあれば……！

私は意を決してその剣を拾いに駆け出した。

そしてそれを手に取る。

「ひ」

その瞬間、私の真横を見えない刃《やいば》のようなものが通過していった。

ザンッ！　という音とともに、少し後ろの地面が抉《えぐ》れる。

ざ、斬撃《ざんげき》が飛んできた……!?

「セルビア！　離れてて言っただろう！」

「す、すみませんっ！」

黒騎士が剣を振った余波で地面が斬《き》れた。

なるほど、ハルクさんが近づくなと言ったわけがよくわかる。

けれどハルクさんを助けるにはこれしかない。

私は折れた剣にありったけの魔力をこめて、とある魔術をかけた。

「ハルクさん、これを使ってください！」

魔術をかけ終わった折れた剣を思いっきり投げる。

ハルクさんは少し驚いていたけど、難なくそれをキャッチした。

「これは……？」

「それならきっと黒騎士の鎧《よろい》を斬《き》れます！　だから、それで戦ってください！」

「いや、でも」

「いいですから！」

ハルクさんの気持ちはわかる。あんな砕《くだ》ける寸前の剣を寄越されたら誰だって困惑する。でも、今は信じてもらうしかない。

『馬鹿馬鹿しい。貴様の仲間は頭が沸いているのか？　そんなものは捨てて俺の渡した剣を使え！』

激昂《げっこう》する黒騎士に構わず、ハルクさんが尋ねてくる。

「……セルビア。何か考えがあるんだよね？」

「はい！」

「わかった。使わせてもらうよ」

『……貴様、そんなもので俺の相手をするつもりか？』

苛立《いらだ》ったような黒騎士の声に、ハルクさんはもう答えなかった。

折れた剣を構え、一呼吸おいて前に出る。

『愚《おろ》か者が！　もういい、貴様など今すぐ斬《き》り殺してくれる！』

ハルクさんは繰《く》り出される黒騎士の大剣を紙一重《かみひとえ》で見切って回避した。

そして折れた剣を横に薙《な》ぐ。

今までであれば、その剣は黒騎士の鎧《よろい》に跳ね返されていただろう。

けれど今度は――ハルクさんの剣は黒騎士の鎧《よろい》を斬《き》り裂いた。

『なッ……！　馬鹿な！「迷宮」の加護を受けし我が肉体が傷つけられるなど……！』

黒騎士がうろたえている。

効いた！　よかった！

『小娘、貴様いったい何をした!?』

「私の浄化魔術を剣に付与させました。あなたは『迷宮』の一部で、『迷宮』は魔神の作り出したものです。だから元聖女候補の私の力ならあなたに効果があると思ったんです」

聖女候補は祈祷《きとう》の際、神の加護によって魔神の精神汚染を防御する。

つまり聖女候補の魔術であれば、魔神由来の力に対抗できるということだ。

思いつきでやってみたことだけど、成功してよかった。

『聖女だと……!?　おのれ、また貴様らか！　この忌々《いまいま》しい神の手先がぁ！　殺してやる、殺してやるぞ！』

怒《いか》りをたぎらせてこちらに吠《ほ》える黒騎士。

私は尋常じゃない怖さに足がすくんでしまう。

けれど黒騎士が私に何かする前に、ハルクさんの剣がひらめいた。

「残念だけど、そうはいかない」

『が、あ……』

鎧《よろい》さえ斬《き》れるようになってしまえば、黒騎士はハルクさんの敵じゃない。

黒騎士は一瞬でバラバラに斬《き》り裂かれ、その場に転がった。

『くそ、くそっ……！　あと少しで魔神様の依《よ》り代《しろ》となれたのに――』

黒騎士は悔《くや》しそうに呻《うめ》き、その場で灰《はい》のように崩れ落ちた。

もう復活してくることはない。

「勝っ、たんですか……？」

私は呆然《ぼうぜん》と呟いた。

灰《はい》の塊《かたまり》になった黒騎士は、その場に積もったまま動かない。魔神の妖気も消えている。

そのとき、『迷宮』にも変化が起こった。

「え？」

「あれ？」

気付けば私とハルクさんは、何もない平原のど真ん中に立っていた。『迷宮』など影も形もない。

近くには私たちが乗ってきた飛竜の姿がある。

どうやらここは『迷宮』があった場所の真上のようだ。

「……セルビア、これはどういうことだい？」

「たぶん、主《ぬし》が倒されたことで『迷宮』が消滅したんです。『迷宮』そのものがなかったことにされて、私たちは『迷宮』があったはずの場所に戻されたんだと思います」

『迷宮』は魔神の能力で作られた異界のようなものだ。

だから『迷宮』が滅んだことで、この場所は『迷宮』がない状態に戻った。

私の言葉を聞いて、ハルクさんは改めて確認する。

「黒騎士を倒したから『迷宮』も消えたって認識でいいのかな」

「はい。今ごろは街を襲っていた魔物たちも消えていると思います」

「そうか。……僕たちは『迷宮』を倒すことができたのか」

ハルクさんは折れたままの剣を見やり、私に言った。

「ありがとう、セルビア。きみがいなかったら僕は黒騎士に負けてたよ。きみがいてくれて本当によかった」

まっすぐに目を見て言われ、私は思わず聞き返す。

「……私、役に立てましたか」

「これ以上ないくらいにね」

「なら、よかったです」

『迷宮』ではほとんどハルクさんに戦いを任せきりだったけど、どうやら最後の最後で助けになれたようだ。

そのことがなんだかとても嬉しい。

「それじゃあ街に戻ろうか。万が一魔物が消えていなかったら大変だしね」

「はい」

そんなやり取りをしながら、私たちは待っていてくれた飛竜のもとに向かうのだった。

……余談だけど、近くにロレンスたち『金色の獅子』の姿はなかった。

先に街に戻ったのだろうか？

# 第七章　清算

私たちは『迷宮』のあった場所から、飛竜に乗って王都に向かっていた。

『迷宮』に行くときは魔物がたくさんいたのに、今ではゴーレムの一体すら視界に入らない。

「着いた。王都だ」

飛竜を操《あやつ》りながらハルクさんが言った。

やや緊張しながら王都を見下ろす。すると、あちこちで建物が崩れたり火の手が上がったりしているものの、道中と同じく魔物の姿は見えなかった。

「魔物は……いないみたいだね」

「はい。安心しました」

ハルクさんと安堵《あんど》の頷きを交《か》わす。

どうやら王都を襲っていた魔物たちも、『迷宮』の消失とともに消えたようだ。

これで完全に王都の危機は去ったと考えていいだろう。よかった。これで魔物がまだ暴れていたらどうしようかと思った。

「……あれ？　なんだかあそこ、人が集まっていませんか？」

王都の一角《いっかく》に人だかりができている。

私がその一団を指さすと、真後ろのハルクさんが頷いた。

「行ってみようか」

「はい」

そんなわけでその集団のそばに飛竜を着陸させることに。

少し離れた場所で飛竜から降り、その一団に近づく。

すると、人垣《ひとがき》から話し声が漏れてきた。

「……すごいもんだ！　さすがはSランクパーティってこと――」

「……かった。あんたらがいなかったらと思うと――」

どうやらその場では誰かを取り囲んで何やら盛り上がっているようだ。……いったい何を話しているんだろう？

私とハルクさんが近づいていくと、集まっているうちの一人が振り返ってきた。

その人物は目を見開き、ぶんぶんとこちらに手を振ってくる。

「おおっ、ハルク殿にセルビア殿！　ご無事でしたか！」

エドマークさんだ。私とハルクさんは彼のもとに駆け寄る。

「ギルマス。そちらも無事で何よりです」

「もちろんですとも。このエドマーク、そう簡単にはくたばりませぬ」

がっはっは、と笑うエドマークさんは、甲冑《かっちゅう》こそ傷ついているものの本人は元気そうだ。

「エドマークさん。皆さんは何を話しているんですか？」

私は人垣《ひとがき》のほうを見て尋ねる。

この場にいるのは全員が武装した人間だった。冒険者らしき人だけでなく、騎士や衛兵の姿もある。

エドマークさんは少し難しい顔をして言った。

「えっとですな……我々はつい先ほどまで王都に入り込んだ魔物どもと戦っておったのですが、途中でいきなり魔物どもが一斉に消えたのです」

ハルクさんが『迷宮』の主《ぬし》を倒したからだ。

「儂《わし》をはじめ魔物と戦っておった冒険者や騎士、衛兵たちは集まって状況確認をしていました。するとそこにあの者たちが戻ってきて――」

「……あの者たち？」

エドマークさんの奥歯にものが挟《はさ》まったような物言いが気になって、人垣《ひとがき》の中央に目を向ける。

するとそこにいた人物たちもこっちに気付いたようで、目が合った。

ハルクさんはわからないけど、私はさすがに表情を引きつらせた。

そこにいたのは、見覚えがありすぎる四人組の姿だったからだ。

「よお、ハルクにセルビア……だっけ？　お前たち無事に脱出できたのか！」

「ロレンス……」

ハルクさんが厳しいような、それでいてどこか安堵《あんど》したような、複雑な声色《こわいろ》で呟く。

人垣《ひとがき》の中央にいたのはロレンスたち『金色の獅子』だった。どうやら巨大ゴーレムの広間で別れた彼らも、王都までたどり着くことができていたようだ。

……それはいいんだけど、なんだかロレンスが不自然に友好的な気がする。なぜ？

「途中でお前たちと別れてから心配してたんだけど、お互い幸運だったな」

「は、はあ……」

ロレンスの爽《さわ》やかな笑みに、私は戸惑《とまど》うばかりだ。

なんだろう。ロレンスはこんなに好青年だっただろうか。『迷宮』での一件をきっかけに心を入れ替えたとか？

――という私の予想は、結果から言うとまったくの的外れだった。

「ロレンス。それで、この人だかりはどういうわけだい？」

ハルクさんの質問に、ロレンスは一瞬だけにやりと悪い笑みを浮かべて、こう言った。

「決まってるだろ？　俺たちが『迷宮』の主《ぬし》を討伐《とうばつ》したって言ったら、自然と盛り上がっちまったんだよ。まあ王都の被害を見たら当然のことだと思うけどな」

一瞬、何を言われたかわからなかった。

「『迷宮』の主《ぬし》を倒した？　誰がですか？」

「だから、俺たち『金色の獅子』が」

私の問いに、ロレンスは勝ち誇ったようにそんなことを言ってくる。

ロレンスたちは表面上誠実そうな顔をしているけど、その瞳だけは一様《いちよう》にずるがしこい光を帯びていた。

まさか――この人たち、手柄《てがら》を横取りするつもり!?

「ち、違います！　その人たちの言っていることはデタラメです！」

私が思わず声をあげると、待ってましたとばかりにロレンスは訊《き》き返してくる。

「おいおい、俺たちがいつデタラメ言ったってんだ？　実際に魔物も消えてるじゃねえか」

「それはハルクさんが『迷宮』の主《ぬし》を斬《き》ったからです！」

私は叫びながら、ロレンスたちの狙いが何か確信しつつあった。

ロレンスたちは単独で『迷宮』に乗り込み、巨大ゴーレムに敗《やぶ》れたあげく、長時間にわたって『迷宮』に魔力を与え続けた。

さらに、私たちが『迷宮』を攻略し終えるまでロレンスたち以外に突入した戦力はない。

ロレンスたちが『迷宮』の暴走を引き起こした元凶なのは明らかだ。

それが露見すればロレンスたちは重罪人として捕縛されるだろう。

だからこそ、ロレンスたちは自分たちが『迷宮』討伐《とうばつ》を果たした張本人だと言い張っているのだ。

「……」

ハルクさんは何か考えるように口を閉ざしている。

エドマークさんが私に尋ねてきた。

「セルビア殿、ハルク殿が『迷宮』の主《ぬし》を倒したというのは真実ですか？」

「はい！　間違いありません！」

私は周囲の全員に聞こえるように『迷宮』であったことを話した。

『迷宮』の主《ぬし》である黒騎士を倒したのはハルクさんであること。

ロレンスたちは途中で倒され『迷宮』に吸収されかけていたこと。

『迷宮』の暴走を引き起こしたのがロレンスたちに違いないこと。

「――だから、ロレンスたちの言っていることは大嘘です！」

私がそう断言すると、周囲は戸惑《とまど》うようにざわめいた。

ロレンスは嘆《なげ》かわしいというように首を横に振る。

「まったく。いくら手柄《てがら》が欲しいからって人を嘘吐《うそつ》き呼ばわりはよくねえな」

「そっ……」

そっちがそれを言うんですか!?　手柄《てがら》が欲しくて嘘を吐《つ》いているのはロレンスたちのほうなのに！

「ロレンス。貴様の言い分も言ってみろ」

エドマークさんが険《けわ》しい顔でロレンスを問いただす。

ロレンスは涼しい表情で口を開いた。

「さっきも言っただろ、エドマーク。『迷宮』なんてはた迷惑なもんさっさと消しちまおうって、俺たちは単独で今朝《けさ》がた乗り込んだ。そんで『迷宮』の主《ぬし》を倒して街まで戻ってきた。戻る途中でハルクたちともすれ違ったな」

「……それなら、なぜ儂《わし》からの魔晶石《ましょうせき》の連絡に反応しなかったのだ」

「ああ、『迷宮』の中ってのは特殊な環境らしくてな。通信魔術そのものが遮断《しゃだん》されちまうみたいなんだ。そんで連絡に気付かなかったのさ」

打てば響くようにすらすら答えるロレンス。

あまり嘘を吐《つ》くのが得意な人には見えないけど……もしかしたら、王都に戻ってくるまでに仲間としっかり打ち合わせたのかもしれない。

なんだか雲行きが怪しくなってきた。

「……あなたたち全員の服の手足の部分には、斬《き》られた跡《あと》がありますよね。それはどうしてできたか説明できますか？」

ロレンスたちの服には、揃《そろ》って手足を切断された形跡がある。

それは『迷宮』に吸収されかけたロレンスたちを壁や地面から引きはがすため、服ごと彼らの腕や足を斬《き》ったからだ。傷は私が治したけど、服までは修繕《しゅうぜん》されていない。

「いやー、『迷宮』の中じゃさんざん魔物と戦ったからな。どいつにやられたなんて覚えてられねえよ。たまたま同じ場所に攻撃食らったってことだろうな」

「たまたま、ですか？」

「ああ。別に有り得ねえ話じゃねえだろ？」

……そうだ。有り得ない話じゃない。

ロレンスたちの服には袖《そで》や裾《すそ》だけでなくたくさんの損傷がある。『迷宮』からの帰り道でもかなり苦戦したんだろう。

そのせいで、ハルクさんのつけた傷痕《きずあと》はまぎれてしまっている。

他に、他に何か、ロレンスたちが嘘を吐《つ》いている証明になるものは……

「そ、そうだ。ハルクさんの剣を見てください！　ハルクさんの剣は折れてるんですよ。途轍《とてつ》もない強敵と戦った証拠《しょうこ》じゃないですか！」

「……はぁ？」

私が言うと、あろうことかロレンスはこちらを心配するような声色《こわいろ》で言ってきた。

「お前、なに言ってんだよ。それは『迷宮』の雑魚《ざこ》モンスターにハルクが苦戦して、勝手に折っただけじゃねえか。そこを帰り道で通りかかった俺が助けてやったんだろ？」

「……はい？」

助けられた？　誰が誰に？

ロレンスは私を諭《さと》すように続ける。

「ま、『剣神』なんて呼ばれたハルクを信じたい気持ちはわかるけどな……。けど、そいつは『迷宮』の魔物にあっさり負けたんだ。ちゃんと認めようぜ。なっ？」

「…………………」

……は、はああああああああっ⁉

この人たち信じられないんですが！　ハルクさんがロレンスたちに助けられただなんて、大嘘にも程がある。

むしろ巨大ゴーレムにやられていたロレンスたちを助けたのは、ハルクさんだというのに！

「めちゃくちゃなことを言わないでください！　助けられたのはあなたたちのほうじゃないですか！」

「おいおい、せっかく助けてやったのに忘れてんのか？　恩知らずなやつだな」

「それはあなたたちのほうでしょう⁉」

駄目だ、完全に開き直ってる。

ロレンスたちがここまで平然と嘘を並べられるのは、『迷宮』の中に目撃者がいなかったからだ。

ロレンスたちの醜態《しゅうたい》を見たのは私とハルクさんだけ。だからロレンスたちはこうも強気でいられる。

ロレンスは嘲笑《ちょうしょう》するように言った。

「さっきから噛みついてくるけどよぉ、俺たちが嘘を吐《つ》いてるって証拠《しょうこ》はあんのか？　あるなら出してみろよ」

「……それは」

証拠《しょうこ》なんてあるわけがない。黒騎士を倒した瞬間に『迷宮』も『迷宮』から生み出された魔物たちも、すべて消え去ってしまったのだから。

ロレンスもそれがわかっているから、こんなことを言ったんだろう。

「ほら見ろ。ったく、くだらねー疑いかけやがって、せっかくのイイ雰囲気が台無しじゃねえか」

表面上はうんざりしているようにロレンスが言う。

きっと内心では、勝ち誇った気分に満ちているに違いない。

すると、それまで黙っていたハルクさんが静かに呟く。

「証拠《しょうこ》、か」

「あん？」

「よし。そんなに見たいなら見せるとしよう」

そう言うハルクさんを、ロレンスは馬鹿にするように笑った。

「面白《おもしれ》え。俺たちが嘘吐《うそつ》いてるって証拠《しょうこ》があるなら出してみろよ、ハルク」

「もちろんだ。じゃあ、剣を抜いてくれ」

「……は？」

呆気《あっけ》に取られたように目を瞬《またた》かせるロレンスに、ハルクさんは半《なか》ばから折れた長剣を向ける。

その瞳には、普段見せることのない冷たさが宿っている気がした。

「ロレンス。きみは『迷宮』の魔物にやられている僕を助けたと言ったね。なら、きみは僕より強いということになる。僕が勝てなかった魔物を倒したと言うんだから。なら、その実力を示してもらおう。きみが――いや、『金色の獅子』が僕より強ければ、きみたちの話が本当だという証明になる」

つまり、決闘。

ロレンスはさっき、ハルクさんの剣が折れているのはハルクさんが『迷宮』の魔物に負けたからだと言った。そのハルクさんを助けすらした、と。

けれどもし、ロレンスがハルクさんより弱ければそれは嘘ということになる。

それを証明するために、ハルクさんはロレンスと戦おうとしているのだ。

ロレンスは一瞬怯《ひる》んだけど、すぐに調子を取り戻した。

「は、ははっ。俺とやろうってのか？　そんな折れた剣で」

「ああ。さあ、剣を構えて」

「だいたい周り見てみろよ！　俺たちの言葉を疑ってる奴なんて、お前とそこのクソ女以外にいねえ！」

「……ロレンス」

「それをいちいち噛みついてきやがって。空気読めって――ぇが」

ロレンスは、最後まで言えなかった。

なぜなら目で追えないほどの速度で肉薄したハルクさんが、ロレンスの顔面を折れた剣の側面で強打したからだ。

ドゴッッ！　という音がはるか前方で響く。

ハルクさんに殴《なぐ》り飛ばされたロレンスが吹き飛ばされ、瓦礫《がれき》の山に頭から突っ込んだ音だ。

「ゲホッ……ハルクてめぇ、いきなり何を……」

瓦礫《がれき》から這《は》い出しながら、ロレンスが掠《かす》れ声で問う。

ハルクさんは瞳を凍《い》てつかせたまま、平坦《へいたん》な声で言った。

「何度も言わせないでほしいな。剣を構えろ、ロレンス。きみに拒否権はないんだよ」

これまでに私は、ハルクさんが怒った瞬間を二回見た。

一度目はギルド加盟試験の際、エドマークさんが私を疑ったとき。

二度目はポートニアの街でクリス様に対して。

けれど今回は、その二回とは比べ物にならないほどの威圧感が、ハルクさんから発せられている。

――ハルクさんはこの瞬間、今までにないほど激怒していた。

「『金色の獅子』全員でかかってくるといい。きみたちが今すぐ謝罪して、本当のことを白状するならそれでもいいけれど」

ハルクさんが言うと、ロレンスたち『金色の獅子』四人の目がつり上がる。

「――上等じゃねえか！　十秒でブチ殺してやるよ、英雄気取りが！」

ロレンスたちは怒《いか》りを目に滾《たぎ》らせて、ハルクさん目がけて突進した。

――それは、とても戦闘と呼べるようなものじゃなかった。

「く、くそっ……！　どうなってやがんだ、てめえはっ……」

傷だらけのロレンスが、表情を歪《ゆが》めて吐き捨てる。

ハルクさんと『金色の獅子』が戦い始めて数分。

そのたった短い時間の中で、すでにロレンス以外の三人はハルクさんに倒されている。

魔術師のミアは魔術を使う間もなく殴《なぐ》り飛ばされた。

戦士のキースは膂力《りょりょく》で押し負けて剣の側面を叩き込まれた。

武闘家のニックは彼よりさらに速い足技で蹴飛《けと》ばされて昏倒《こんとう》した。

強者であるはずのSランクパーティの面々は、ハルクさんによって虫けらのように蹴散《けち》らされていた。

「どうしたんだい、ロレンス。きみは僕より強いんじゃなかったのか」

唯一残ったロレンスに、ハルクさんは冷然と問いかける。

今のハルクさんには、普段の優しさの欠片《かけら》もない。

「くそ……くそぉおおおおおおおっ！」

ロレンスが大剣を構えて突撃してくる。

けれどそれは、ハルクさんに最小限の動きで避けられて空《くう》を切った。

「ふざけやがって！　なんで当たらねえっ⁉」

「直線的すぎる。単調すぎる。駆け引きが下手《へた》すぎる。パーティを組んでいたときに言ったはずだよ。きみは聞いていなかったようだけど」

大ぶりな攻撃を繰《く》り返すロレンスと向き合い、ハルクさんが一歩前に詰める。

「だからこうなるんだ」

ハルクさんの剣が、無防備なロレンスのみぞおちに突き刺さった。

「ごふっ、あ……おぇえええええッ」

ハルクさんの剣は折れているので、突き技で致命傷を与えることはない。

けれどみぞおちに一撃を受けたロレンスは体を折り、嘔吐《おうと》してしまう。

「どうだい、ロレンス。まだ話す気にならないか」

「……ッ」

「そうか」

ゴッ！　という鈍《にぶ》い音とともに、ハルクさんはロレンスを蹴《け》っ飛《と》ばした。

ロレンスは砲弾《ほうだん》のように飛んでいって民家の壁に激突した。痛みのあまり昆虫のように手足をひくつかせるだけで、立ち上がることすらできなくなっている。

周囲の人たちは呆気《あっけ》に取られて、見ていることしかできない。

ハルクさんの強さはよくわかっていたつもりだったけど……ここまで圧倒的だなんて。

「ロレンス。僕はどうやらきみたちに甘くしすぎたようだ。反省するよ。まさか、我が身可愛さにあんなくだらない嘘を吐《つ》くとは思わなかった」

立ち上がれないロレンスのもとに、ハルクさんが歩いていく。

ハルクさんはちらりと周囲を見やって、吐き捨てるように言った。

「……これだけのことを引き起こしておいて、罪から逃《のが》れられるわけがないだろう？」

つまり、ハルクさんはロレンスたちに責任を取れと言っているのだ。

王都を破壊し、住民を何人も犠牲《ぎせい》にした元凶として、正当な裁《さば》きを受けろと。

ハルクさんは瓦礫《がれき》に埋《う》まったロレンスの首根っこを片手で掴み、つり上げる。

「ロレンス。これ以上は面倒だ。嘘を認めないなら両手と両足を斬《き》り落とす」

「――っ」

「三秒あげるよ。拷問《ごうもん》されて口を割るか、今すぐ自白するか好きに選ぶといい」

ロレンスの顔色が変わる。当然だろう。彼は身をもって四肢を切断される痛みを知っている。

そして――今のハルクさんならそれを実行すると確信できただろう。

「三、二」

「ま、待てよ……」

「一」

ぷつ、とわずかにハルクさんの剣がロレンスの肩に食い込む。

その瞬間、ロレンスは絶叫した。

「わ、わかった！　言うっ、言うからそれはやめてくれぇ！」

「言う？　何を？」

「ほ……本当は、俺たちは『迷宮』の魔物に負けたんだ。それで、地面や壁に呑み込まれて、ハルクたちに助けられ……ました……」

「……」

どさり、とハルクさんは宙づりにしていたロレンスを落とした。

安心したせいか、ロレンスはへたり込み失禁して、水たまりを作っている。

ハルクさんはそんなロレンスに、冷たい表情でさらに問いを重ねる。

「それだけか？　他にも言わなければならないことがあるだろう」

「……ミアが言うには、『迷宮』が暴走したのは……俺たちが『迷宮』に魔力を与えたせいだって……」

ロレンスはついに決定的な一言《ひとこと》を口にした。

「――あ」

ロレンスは遅れて気付いたように口を噤《つぐ》んだが、もう無駄だ。

『迷宮』の暴走は『金色の獅子』のせいだと、この場の全員が聞いてしまった。

ふざけんな、と誰かが呟き――次の瞬間、みんなの怒《いか》りが爆発した。

「このクソ野郎どもが！　嘘吐《うそつ》いて誤魔化《ごまか》そうとするなんて、ふざけんじゃねえぞ！」

「責任取れよ、この人殺し！」

「何人死んだと思ってるんだ!?」

あちこちから激怒の叫びがあがる。

「ち、ちが、俺たちは」

ロレンスは何やら弁明しようとしているけど、ろくな言葉が出てこない。

「何がSランクパーティだ、この出しゃばりが！」

「お前たちがいなかったら死人が出ることもなかったんだぞ！」

「死ね！　今すぐ死んで詫《わ》びろ！」

罵声《ばせい》の嵐《あらし》が叩き込まれ、弱り切ったロレンスは何も言えないまま涙を浮かべている。もうSランクパーティの威厳も何もない。

そんな中、ハルクさんがロレンスのそばを抜け出して、私とエドマークさんがいる場所に戻ってくる。

「……お疲れ様です」

「ありがとう、セルビア。……すみません、ギルマス。勝手なことをしてしまって」

ハルクさんが小さく頭を下げると、エドマークさんは首を横に振った。

「むしろ汚れ仕事を押しつけてしまって申し訳ない。本来は儂《わし》がやるべきでした」

「……？」

首を傾げるハルクさんに、エドマークさんは続ける。

「防衛戦の途中、宰相殿から使いが来ましてな。『迷宮』の暴走はロレンスたち『金色の獅子』が原因かもしれないと、聖女様がおっしゃっていると。第一、ハルク殿が敗《やぶ》れる相手にロレンスどもが勝てるはずがない。……儂《わし》が先に動かねばなりませんでした」

悔《く》いるように言うエドマークさん。

どうやら国の上層部は聖女様に連絡して情報を集めていたようだ。その情報がエドマークさんにも伝えられていたらしい。

沈痛《ちんつう》な面持《おもも》ちのエドマークさんに、ハルクさんは自嘲《じちょう》するような笑みを向ける。

「気にしないでください、ギルマス。彼らがああなってしまった責任は僕にもありますから」

「は……ハルク殿ぉおおおお」

感動してエドマークさんが泣いてしまった。

感情が豊かな人だなあ……。

そんなことを話していると、突然私の耳に大声が飛び込んできた。

「そこまでだ！　彼らの身柄《みがら》は我々騎士団が預かる！」

今にも暴動が起きそうになっていた前方では、ロレンスたちのもとに殺到しようとする人々を遮《さえぎ》るように数人が割って入っていた。

立派な鎧《よろい》と先ほどの言葉からすると、彼らは王都を守る騎士たちのようだ。

「彼らの罪がはっきりしないうちは、私刑にかけさせるわけにはいかない。『迷宮』について情報を聞き出さねばならんからな。その後聴取と裁判を行《おこな》い、しかるべき罰《ばつ》を受けさせる」

「「……」」

騎士たちの真っ当な言い分に、周囲が徐々に静かになっていく。

どうやら騎士たちはロレンスたちを回収して、『迷宮』に関する情報を引き出すつもりのようだ。

冷静な判断だろう。

一方で、ロレンスは露骨に慌《あわ》て始めた。

「ま、待てよ！　俺たちは絶対そんなとこには行かねえぞ！」

「それはあなた方が決めることではありません」

「……ッ、そうだ、エドマーク！　おい、出てこいよ！」

意識のないミア、キース、ニックの三人が騎士によって抱《かか》え上げられる中、ロレンスはエドマークさんを大声で呼んだ。

「……なんだ」

エドマークさんが前に出ると、ロレンスは引きつった笑みを浮かべる。

「お前、俺たちを庇《かば》えよ！　ギルマスだろ？　そうだ、お前が俺たちに指示したって言え！　そうすりゃ俺たちは無罪だ！」

……うわぁ。

なんて往生際《おうじょうぎわ》が悪いんだろう。まだ罪から逃《のが》れようとするなんて。

ロレンスの頭の中には、罪悪感とかこれっぽっちもないんだろうなあ……

「断る。そんな馬鹿馬鹿しい嘘を吐《つ》くわけにはいかん」

エドマークさんの言葉に、ロレンスは噛みつくように言い募る。

「は、ははっ。エドマークよぉ、何遍《なんべん》言ったらわかるんだ？　俺たちSランクの『金色の獅子』がいなくなったら困るのはお前たちのほうなんだぞ？　俺たちのおかげでこの国は安全だったんだ！　つべこべ言わずに俺たちを庇《かば》えって言ってんだよ！」

顔を真っ赤にして怒鳴るロレンス。

けれど、エドマークさんは眉ひとつ動かさなかった。

「いいや、困らん。もう貴様らをギルドに在籍させる理由もない」

「……は？」

唖然《あぜん》とするロレンスに対してエドマークさんは淡々と告げる。

「ロレンス、ミア、キース、ニック。ギルドマスターの名において、貴様ら四人をギルドから除名する。二度と冒険者を名乗ることは許さん」

「なっ――!?」

ロレンスは目を見開いた。

冒険者としての身分の剥奪《はくだつ》。

ロレンスたちにとって、それは致命的だろう。

彼らに唯一残った心の拠《よ》り所《どころ》が取り上げられたのだから。

「しょ、正気かエドマーク!? 俺たちがいなかったらこの国は終わりだぞ!?」

「そんなことはない。『迷宮』からあふれ出た魔物たちから王都を守る戦いの中で、儂《わし》は衛兵や騎士、冒険者たちの真の強さを見た。彼らがいれば魔物も盗賊もどうとでもできよう。地位を笠に着て威張《いば》り散らすだけのSランク冒険者などもう必要ない！」

「………………ッ！」

エドマークさんの言葉に、ロレンスは怒《いか》りのあまり言葉が出てこないようだった。

そんなロレンスの前に騎士たちが進み出る。

「それでは騎士団の詰め所までご同行願えますかな」

「ふ、ふざけんな！　俺は行かねえぞ！」

「大人しく従うほうが賢明《けんめい》ですよ。今のあなたなら我々でも押さえ込めるでしょうし……何より、この惨状《さんじょう》の元凶相手では加減できる気がしません」

「ぐっ……」

騎士たちの瞳は、一様《いちよう》に剣呑《けんのん》な光を帯びている。内心で激怒しているのが見て取れた。

それも当然だろう、彼らの誇りともいうべき王都の平和を壊したのはロレンスたちなのだから。

「くそっ、離せ！　わかった、わかったから……」

結局、ロレンスたちは大人しく騎士たちに連行されていった。

それを見送ってから、エドマークさんがこちらに歩いてくる。

「すみませんな、最後の最後に不愉快《ふゆかい》な思いをさせてしまって」

ハルクさんは小さく首を横に振った。

「ギルマスが謝ることではありませんよ」

「いえ……儂《わし》はやつらを甘やかしすぎたのです。将来有望だからと不相応な地位を与え、増長させてしまった。ハルク殿も同じようにおっしゃってくれましたが、今回の件の責任は儂《わし》にもあるのです」

そう言うエドマークさんは、どこか寂しそうだ。

エドマークさんはロレンスたちに期待していたんだろう。けれどロレンスたちは最後までそれに応えることはなかった。

……なんだかエドマークさんが気の毒だ。

ロレンスたちの暴走はエドマークさんの監督不行き届きという見方もできるんだろうけど……私にはそんなふうに思えそうにない。

どう考えても悪いのはロレンスたちだし。

エドマークさんは周囲を見回し、声を張り上げた。

「――これで元凶はいなくなった！　王都を守れたのは皆のおかげだ！　明日から復興作業に取りかかるが、今日はゆっくり休んでくれい！」

周囲から、おおーっ、という声が返ってくる。

そんなエドマークさんの言葉とともに、この日は解散となったのだった。

## 第八章　神位魔術

『迷宮』攻略を終えた、数日後。

「……私たちはなんでいまだに王都にいるんでしょうか」

私は支給された昼食を口にしながらそう呟いた。

私とハルクさんは、他の冒険者たちと一緒に王都の復興作業をしていた。

主《おも》にハルクさんは瓦礫《がれき》の撤去《てっきょ》などの力仕事。

私は怪我人《けがにん》の治療。

力仕事に関しては冒険者や衛兵が、怪我人《けがにん》の治療は教会の聖女候補たちが参加している。

今は休憩時間で、ハルクさんと一緒に木陰《こかげ》で昼食をとっているんだけど……うん、やっぱりこの状況はおかしい。

本当は王都なんてさっさと出て行くはずだったのに。

「仕方ないよ。何しろクリス殿下に取り次いでもらえないんだから」

隣のハルクさんの言葉に、私は記憶を探りつつ返事をする。

「宰相様が言うには、『クリス王子から話を聞いている最中だから面会禁止』でしたっけ」

「そうそう。今は王城の中も混乱しているだろうし……そんな状態で会いに行っても、報酬《ほうしゅう》の話なんてできないだろうからね」

「……理屈はわかりますけど、約束が違います……」

私はげんなりして溜め息を吐《つ》いた。

私たちがなぜ王都に留《とど》まっているかというと、クリス様から今回の件の報酬《ほうしゅう》をまだもらっていないからだ。

あれだけ危険な思いをしたんだから、それなりの実入りがないとやってられない。

かといって、復興で大忙しの現状では報酬《ほうしゅう》の話なんてとてもできない。

そんなわけで私たちはクリス様との面会許可が下りるまで、王都復興の手伝いをしているのだった。

……いっそ報酬《ほうしゅう》なんて捨ててさっさと旅立ってしまおうか。

でも、飛竜に乗って飛ぶのは気持ちよかったしなあ……。この機会を逃《のが》したら今後手に入るかわからないし……

――なんて考えていると。

「お、おい。あの馬車って――国王のものじゃないか!?」

復興作業中の冒険者の一人が大声をあげる。

……国王？

私もつられて視線を向ける。

嘘じゃなかった。本当に王族用の豪華な馬車が、何十人もの騎士を引きつれて街の大通りを進んでいるところだった。

「ほ、本当に国王様が……!?」

「ついさっき戻ってきたようだね」

驚く私に、ハルクさんはそう答える。

国王夫妻は国外に出ていたって話だったけど、どうやら戻ってきたようだ。もしかしたら、『迷宮』出現の報《しら》せを聞いて予定を切り上げたのかもしれない。

王族用の馬車は崩壊した街を突っ切り、王城へと向かっていく。

その光景を眺めていると、騎士のうち数人が行列から離れて街のあちこちに散らばり始めた。

まるで手分けをして誰かを捜しているみたいだ。

そして騎士の一人が私たちのすぐそばに来て、叫んだ。

「――『剣神』ハルク！　聖女候補セルビア！　国王陛下並びに聖女様がお呼びだ！　この声が聞こえているのなら、ただちに王城に参上せよ！　繰《く》り返す、『剣神』ハルクと聖女候補セルビアは王城に向かうように！」

「「……？」」

私とハルクさんは顔を見合わせた。

どうやら国王夫妻は私とハルクさんに用があるようだ。

……面倒ごとでなければいいけど。

なんだか物々しい雰囲気だ。

王城の大広間にやってきたとき、真っ先に思ったのはそれだった。

磨《みが》き上げられた大理石に深紅《しんく》の絨毯《じゅうたん》が敷《し》かれた足元。

豪奢《ごうしゃ》な細工《さいく》が施《ほどこ》された左右の大窓。

そういった内装もそう感じる原因の一部ではあるけど……それ以上に、なんでこんなにたくさんの騎士がいるのかが気になる。

何しろ大広間の端には合計五十人ほどの騎士が控えているのだ。

国王様のそばに護衛が必要なのはわかるけど、ここまでは必要ないと思う。それとも私が知らないだけで、普段から国王様の周りはこんな感じなんだろうか。

「――突然の呼び出しを許せ、聖女候補セルビアに『剣神』殿」

私がそんなことを考えていると、玉座から私とハルクさんに声がかけられた。

「冒険者であるそなたらはいつ街を出て行ってもおかしくなかったゆえ、騎士たちに急いで捜すように指示したのだが……どうも強引な呼び立てになってしまったようだ」

私たちに声をかけたのは国王様だ。

隣には王妃でもある現聖女様もいる。

「いえ、そのようなことは。とても丁寧に案内していただきました」

「ならばよい」

ハルクさんが緊張していないような雰囲気で受け答えする。こういう状況に慣れているんだろうか？

国王様の言う通り、私とハルクさんは呼び出しをかけていた騎士にその場で名乗り出た。そしてここまで案内され、ハルクさんは流れるような優雅な所作で、私は教会での淑女教育を思い出しながらぎこちなく国王夫妻に挨拶《あいさつ》した。

……なんというか、現実感がない。ほんの三十分前まで広場で昼食をとっていたのが嘘のようだ。

「それで、どのようなご用件でしょうか？　国王陛下」

ハルクさんが尋ねる。

その当然の疑問に、国王様は鷹揚《おうよう》に頷いた。

「そなたらを呼んだ理由は他でもない。宰相から、先日の一件で『迷宮』を消し去ったのはそなたらだと聞いた。それについて一言《ひとこと》礼を言いたかったのだ。聖女候補セルビア、『剣神』ハルク殿。王都を救ってくれたこと、感謝する」

なんと国王様は小さく頭を下げてきた。

こ、国王様に頭を下げられた……⁉

信じられない。息子のクリス様は助けを求めるときでさえあんなに抵抗していたというのに。

「そなたらがたった二人で『迷宮』を攻略したと聞いたときには耳を疑ったが、さすがは『剣神』と優秀な聖女候補だ。そなたらがいなければ王都は壊滅していたかもしれない。本当によくやってくれた」

心底感嘆したように続ける国王様。

そんなに褒《ほ》められると落ち着かなくなってしまう。

……それはいいとして、私のことをさっきから『聖女候補セルビア』と呼ぶのはなぜなのか。もう私は聖女候補ではないんですが。

言い間違い……ですよね？

「ついては、そなたらに褒美《ほうび》を取らせる。望むものがあればなんでも言うがよい」

国王様がそんなことを言う。

欲しいものと急に言われても、ぱっとは思い浮かばない。

旅に必要なものはクリス様に要求するつもりだったけど、せっかくならここで国王様にお願いするのもありかもしれない。

けれど私が言うより早く、聖女様が国王様に耳打ちする。

「あなた、それより先に話を済ませてしまったほうがいいのではありませんか？」

「ん？　ああ、そうだな。ではそうするか」

いったいなんのことだろう。

内心で首を傾げていると、国王様が私たちを——いや、私を見た。

「セルビアよ。そなたは素晴らしい素質《そしつ》を持った聖女候補だったそうだな。毎日のように長時間の祈祷《きとう》に耐え、『迷宮』が出現した際は解けかけた魔神の封印を元の状態まで戻し、『迷宮』の主討伐《ぬしとうばつ》のときも活躍したと聞いているぞ」

「あ、ありがとうございます」

すごい勢いで褒《ほ》められた。

まさか教会にいたころのことまで知られているとは予想外だ。『迷宮』の一件の報告を受けた際にでも聞いたのだろうか。

「いかに『剣神』殿の力があったとはいえ、そなたがいなければ『迷宮』を滅ぼすことはできなかった。そなたはよほど全能神ラスティアに愛されているのだろう」

「……光栄です」

これでもかと褒《ほ》めちぎってくる国王様。

けれど、なぜか嬉しいとは思えなかった。国王様の褒《ほ》め言葉がどうも上《うわ》っ面《つら》だけのものに感じられたからだ。

……嫌な予感がしてきた。

「うむ。そんなそなたを見込んで頼みがある」

国王様は私にしっかりと目を合わせ、改まって言った。

「セルビアよ、今一度教会に戻ってくれないか？　全能神ラスティアに愛されたそなたがいれば、我が王国は長き安寧《あんねい》を約束されるだろう」

「……」

──絶対に言うと思った！

国王様が妙に私を持ち上げるからそんな予感はしていたのだ。当たってほしくはなかったけれど。

私は即座に首を横に振る。

「国王様。申し訳ありませんが、私はすでに教会を追放された身です。今更戻るつもりはありません」

ここで頷けば、私はまたあの悪意渦巻《うずま》く教会に逆戻りだ。冗談じゃない。

せっかく自由になれたのに、また教会に縛りつけられるなんてまっぴらだ。

国王様は私の返事を聞くと、さらに言う。

「もちろんただの聖女候補としての扱いではない。王城に個室を……いや、王都の一等地にそなたの屋敷を建てるとしよう。宝石、絵画、美術品も存分に与えるゆえ、それで住まいを華やかに彩《いろど》るがよい」

いらない。すごくいらない。

大きな屋敷なんてもらったらますます逃げ出せなくなるし、宝石だの絵画だのなんてもらってもどうしていいかわからない。

「……私の意見は変わりません。王都を出て行きます」

「それでも足りないか」

国王様。そういうことではなくてですね。

「では、やはりこうするしかないようだな。——おい、連れて来い」

国王様の言葉を合図に、二人の騎士が足早に広間から出て行った。

そして一分も経たないうちに戻ってくる。

……うわあ、と口にしなかった自分を褒《ほ》めたい。

「おい、貴様！　騎士の分際《ぶんざい》で王太子の僕にこんな手荒な真似をして、ただで済むと思っているのか!?」

「そうですよ、たかが騎士ごときが……！　聖女候補である私に傷でもついたらどう責任を取るつもり!?」

騎士二人が連れてきたのは後ろ手に縄で縛られた外見だけなら美しい男女二人。

つまり、クリス様と聖女候補リリアナだった。

この二人を連れて来るなんて、国王様はいったいどういうつもりなんだろうか。

「その二人を前に連れて来い」

「はっ」

国王様は縄で拘束《こうそく》されたクリス様とリリアナを私たちの前に連れてくるよう、騎士たちに指示を出す。

仮にも片方は実の息子だというのに、国王様は平然とした口調だった。

リリアナはともかく、クリス様までこんな扱いになっているのは少し意外だった。縄で拘束《こうそく》しているということは、国王様は実の息子であるクリス様まで普通の罪人として扱っているということだろうか。

「くそっ、引っ張るな！」

「痛い！　いい加減にしなさいよ、私の肌に傷をつけるつもり⁉」

クリス様とリリアナはそれぞれ抵抗しつつも、私たちの前に引きずり出される。

「セルビア……？　貴様がなぜここに！」

クリス様が私を見て驚いたように声をあげた。リリアナも似たような表情だ。

「父上、これはどういうおつもりですか？　なぜここにセルビアがいるのです！」

クリス様が国王様に大声で尋ねる。すると国王様は冷淡な口調で告げた。

「決まっているだろう、クリスよ。お前の処分を決めるのだ。『迷宮』出現の引き金を引いたお前のな」

国王様は『迷宮』出現の原因はクリス様だと確信しているようだった。事前に話を聞いていたのかもしれない。

しかし国王様の言葉に対して、クリス様は予想外のことを口にした。

「リリアナの祈祷《きとう》を中断させたことでしょうか？　それなら、すでに魔晶石《ましょうせき》での通信で説明した通りです、父上。――私がリリアナを祭壇《さいだん》から引きずり出すよう騎士に命じたのは、何者かに操《あやつ》られていたからなのです！」

……え？

なんだか聞き捨てならないことを言っている気がする。

操《あやつ》られたとはいったいなんの話をしているのだろう。

国王様も訝《いぶか》しく思ったのか眉をひそめている。

「ほう。では、お前はいったい誰に操《あやつ》られていたというのだ？」

「祭壇《さいだん》に封じられている魔神に決まっています。魔神は自分の封印を破るため、私を利用したのです！」

そう言い切り、クリス様は熱弁を振るった。

あの日の自分はどこかおかしかっただの、教会に入ってからは絶えず頭に声が響いていただのと臨場感たっぷりに語る。

「確かに魔神の力を打ち払えなかった私の未熟さにも問題はあるかもしれません。ですが、あれほどまでに強力な洗脳に抗《あらが》える人間などそうそういるはずがありません！　魔神こそが今回の一件を引き起こした原因なのです！　どうか父上、そのことも踏まえて私の処遇をお決めください！」

表面上は誠実に、クリス様が国王様に視線を向ける。

クリス様の言っていることは、要するに『自分を操《あやつ》っていたのは魔神なんだから魔神が悪い、私は悪くない』ということである。

確かにクリス様が魔神によって洗脳されていたなら一連の行動も納得できる。

そういうことならクリス様に責任を問うのは間違っている……

わけがない。

なぜならクリス様は明らかに嘘を吐《つ》いているからだ。

「クリス。悪あがきはそのくらいにしておきなさい。あなたが洗脳されているというのは嘘ですね」

断言したのは国王様の隣に座る聖女様だった。

「は、母上……？　嘘など、そのようなことは」

「魔神に洗脳などという能力はありません。もしそんなことができるなら、とっくに適当な修道士でも操《あやつ》って自分の封印を解かせているでしょう」

「……あ」

「それともあなただけが操《あやつ》られる特別な理由があったのですか？」

聖女様とクリス様のやりとりを聞いて、私はそのとおりだと首を縦に振る。

魔神が封印されている祭壇《さいだん》の近くには、全能神ラスティアの加護を持つ聖女候補だけでなく、監視役の修道士が必ず配置される。

魔神に洗脳能力なんてものがあるなら、その修道士たちを操《あやつ》って封印を解けばいいだけだ。わざわざクリス様を操《あやつ》る理由がない。

「そ、それは……そうだ、彼らは教会の人間だから聖女候補ほどではなくとも加護を帯びているはずです。そのわずかな加護によって洗脳を防御していたのです！」

数秒でそんな言い訳をひねり出してくるクリス様。

咄嗟《とっさ》に考えたにしては筋《すじ》が通っているけれど――残念ながら相手が悪い。

この場にはクリス様なんかよりも魔神についてずっとよく知っている人間が、私を含めて二人もいるのだから。

「そんな程度の軟弱な加護で抗《あらが》えるほど、魔神の力は弱くありませんよ。聖女候補でさえ祈祷《きとう》の際は心を壊されることもあるというのに。セルビア、あなたにならわかるでしょう？」

「はい。有り得ません」

聖女様に尋ねられ、即答で断言する。

修道士が魔神の汚染に抗《あらが》う？　できるわけがない。彼らが無事なのは祭壇《さいだん》に入っていないからだ。

もし彼らが魔神の妖気《ふ》に触れようものなら数秒でおかしくなってしまうことだろう。

「これ以上嘘を重ねるのはあなたの首を絞めるだけですよ、クリス」

「ぐっ……！」

聖女様のやんわりした忠告に、クリス様が黙り込んだ。さすがにもう言い訳も品切れのようだ。

「クリス。お前は重罪を犯した。処刑することも考えなくてはならないほどに」

「――！」

処刑。その単語に、クリス様だけでなく私もぎくりとした。

クリス様が大きな罪を犯したのは紛《まぎ》れもない事実だ。

償《つぐな》わなければならないのはわかるけど……改めて聞くと複雑な気持ちにもなる。

「ご、ご冗談でしょう、父上。私がいなくなれば次の王はどうするというのですか？」

「決まっている。ヘンリーが王位を継承するだけのことだ」

「ヘンリー!?　あ、あれは一歳にも満たない乳飲《ちの》み子ですよ!?　正気ですか、父上！」

「ああ。お前に王位を継がせるくらいならヘンリーに賭《か》けたほうがいい」

どうやらクリス様には年の離れた弟がいるらしい。

国王様はクリス様の弟――ヘンリー様がいるから、クリス様を処分することに躊躇《ためら》いはないと言っているのだ。

慄《おのの》くクリス様を見つめ、国王様は続ける。

「だがそれは儂《わし》にとっても本意ではない。民の混乱を招くおそれもあるからな」

「ち、父上……」

「よってお前への処罰はこうだ。まず、お前は廃嫡《はいちゃく》する。そしてそのうえで北の帝国へと渡ってもらう」

「――帝国!?　父上、それは本気でおっしゃっているのですか!?」

「無論だ」

クリス様が愕然《がくぜん》としている。

えっと……どういうことだろう。

他国に渡るのが罰《ばつ》になるんだろうか。それに帝国って？

私は隣のハルクさんに小声で尋ねた。

「ハルクさん、これってどういうことなんでしょうか」

「簡単に言えば、クリス殿下を敵国に人質として送り込むってことだね」

ハルクさんが説明してくれたところによると。

この国は少し前まで隣接する帝国と戦争を行《おこな》っていた。

現在は停戦中だけど、いつまた戦意が再燃するかわからない。そういう場合、お互いへの牽制《けんせい》として要人を相手国に向かわせるケースが多いらしい。また、王家に連なるクリス様はその役目にぴったりだと。

「…………この国、戦争なんてしてたんですね……」

「え？　セルビアは知らなかったの？」

「知りませんでした……」

唖然《あぜん》としているハルクさんの視線が痛い。

そういえば一時期、聖女候補のうち数人が珍しく長期間教会を空《あ》けていたような気がする。あれはきっと戦場の負傷者を治療するために外に出ていたんだろう。

例によって私は祈祷《きとう》ばかりで蚊帳《かや》の外だったから、あまり印象に残っていなかった。

ともあれ、そういうことなら理解できる。

敵国へと放り出されるわけだから、待っているのは迫害されるつらい日々だ。戦争が再開されれば母国に見捨てられることもあるかもしれない。

相当重い罰《ばつ》といえるだろう。

それでも処刑よりはましだと思うけど。

クリス様もそう結論を出したのか、しばらく抵抗していたけどやがて項垂《うなだ》れた。

「……わかりました。その処分、慎《つつし》んでお受けいたします」

ですが、と毅然《きぜん》とした様子で視線を上げる。

まるで何か大切なことを決意したような眼差《まなざ》しで。

「ですが、最後に一つだけ叶えてほしい願いがあります」

「申してみよ」

国王様が首肯《しゅこう》するのを見て、クリス様は言う。

「リリアナを見逃してほしいのです。彼女は被害者に過ぎません。どうか私の処分と引き換えに、彼女の罪をわずかでも軽くしていただけませんか」

クリス様の隣で、リリアナがはっとしたように目を見開く。

リリアナはクリス様と違って王族ではない。

『迷宮』出現の原因となったのは彼女がクリス様に助けを求めたことという話だから、彼女も元凶の一人には違いない。

そんな彼女を下される罰《ばつ》から守ろうと、クリス様は懇願《こんがん》している。

なんとなく察している限りでは——愛ゆえに。

「クリス様……」

そんな決意に満ちたクリス様の姿に、リリアナは感極まって目を潤《うる》ませる。

けれどそれを断ち切るように、聖女様が告げた。

「クリス。先に言っておきますが、聖女候補リリアナはセルビアを教会から追い出す際に、ルドン司教と一夜を共にしていますよ。『セルビアを追放するけれど邪魔はしないように』という約束を取りつけるために」

それは、哀《あわ》れむような口調だった。

「……は？　ルドン司教と、リリアナが……？」

クリス様がゆっくりと隣のリリアナを見る。

リリアナは何も言わず、図星を指されたとばかりに冷や汗をだらだらと流している。

……ああ。完全に黒だ、これ。

どうやら本当に、リリアナはルドン司教と関係を持っていたようだ。

「そ、そんなはずはありません！　ルドン司教とこのリリアナが関係を持つなど……！」

「嘘ではありません。ルドン司教本人がそう言ったのですから」

驚愕《きょうがく》するクリス様に聖女様は淡々と伝えた。

ルドン司教は騎士団からの尋問を受け、『迷宮』出現に関連するすべての情報をすでに吐いていいること。

すでに他の教会関係者にも聴取を行《おこな》い、情報の裏付けは取れていること。

ルドン司教が自白した内容の中には、私——元聖女候補セルビアの追放にまつわる情報も含まれていたこと。

「妙だとは思いませんでしたか？　セルビアは非常に優《すぐ》れた聖女候補でした。そんな彼女を失うことは教会の管理者であるルドン司教にとっても痛手です。ですがルドン司教はセルビアがあなたに追放される際、止めようとしなかった。それは事前に取引があったからです。リリアナをはじめとした数人の聖女候補を好きにできる、という」

「——！」

愕然《がくぜん》としたように、クリス様はその言葉をただ聞いていた。

言われてみれば、ルドン司教の動きは確かにおかしかったかもしれない。

魔神の汚染に長時間耐えられる私がリリアナたちによって追い出された際、ルドン司教が止めなかったのは理屈に合わない。

何しろ問題が起これればルドン司教の責任になるわけで。

それでもリリアナたちの暴挙を見逃したのは、ルドン司教にもそうするだけのメリットがあったからというわけだ。

そ、そんな理由でリリアナたちはルドン司教と関係を……

ルドン司教の外見は、あんまり言いたくないけど、こう、素敵な感じじゃない。

戒律《かいりつ》を破ってお酒や肉ばかり食べているせいで胴回りは太く、髪はまばらで、笑うたびに「ブゴッブゴッ」という音が鼻から鳴る。

リリアナたちは私を追い出すためにそのルドン司教を受け入れたのだ。

……すごい覚悟だと言わざるを得ない。

「そ、そんなはずは……！　リリアナはセルビアに虐《いじ》められていたのですよ⁉　そんなセルビアを追い出すために、わざわざ身を捧《ささ》げる必要なんてないはずです！」

クリス様がそう反論する。

ああ、そういえばクリス様は私のことをものすごい悪女だと勘違いしていたんだっけ。

「そうだろう、リリアナ⁉」

「え、ええ。その通りですわクリス様！　聖女様、どうか私の話を――」

リリアナが何か言い訳しようとした瞬間、聖女様がそれを遮《さえぎ》った。

「聖女候補リリアナ、言葉は慎重に選びなさい。ルドン司教からすでに話は聞いています。嘘を吐《つ》けばあなたの罰《ばつ》を重くせねばなりません」

「――」

聖女様の言葉に、リリアナは一瞬で黙らされた。

黙ったら、聖女様の言うことが事実だと認めたようなものだと思うんだけど……

「う、嘘だろう……？　リリアナ……」

「……」

口を噤《つぐ》んだリリアナにクリス様は愕然《がくぜん》とするが、リリアナは気まずそうに目を逸《そ》らすだけだ。

そんな二人に、聖女様はさらなる爆弾を追加する。

「ちなみに言っておきますが、リリアナはルドン司教だけでなく他の修道士や騎士もつゝまみ食いしていたそうですよ。クリス、あなたと関係を持つ前から」

「なあっ……!?」

ぎょっとしたような顔でクリス様が固まった。

リリアナは例によって沈黙したまま。

ただ、心なしか首筋を伝う冷や汗が増しているような気もする。

「う、嘘だろう？　きみは僕だけを愛してくれていたんだろう、リリアナ!?」

クリス様がすがるようにリリアナに詰め寄ると――

「ああ、もう、うるさいわね。聖女様の言うとおりよ。あたしはあんた以外の男にもさんざん抱かれてきたわ」

舌打ちをして、リリアナはとうとうそれを認めた。

「り、リリアナ……それは事実なのか……？」

「それが何？　さっきから鬱陶《うっとう》しいのよ。あたしはあんたが王太子だから尻尾《しっぽ》振ってただけで、今のあんたにはもう用はないんだけど」

クリス様は呆然としてしまっている。

きっとクリス様は貞淑《ていしゅく》を装《よそお》ったリリアナしか知らなかったから、今の態度は豹変《ひょうへん》とすら呼べるものだったのだろう。

リリアナは吐き捨てるように続ける。

「だいたい、やることやんなきゃ教会《あんなとこ》でなんか正気でいられないわよ！　祈祷《きとう》なんてやらされるせいで毎日毎日おかしくなりそうで……男を使う以外、逃《のが》れる方法なんてありゃしない」

それはきっとリリアナだけでなく、男漁《おとこあさ》りをする聖女候補たち全員の本音だろう。

よっぽどのことがない限り教会の外には出られず、ひたすらつらい祈祷《きとう》を続ける日々。

彼女たちは男で癒《いや》されないと、そんな教会での暮らしに耐えられなかったのだ。

「相手にも困らなかったわ。聖女候補の私が言い寄れば、騎士たちも修道士たちも喜んで抱いてきた。……ああ、そうそう」

リリアナはそこで馬鹿にするような笑みをクリス様に向けた。

「──クリス様、あんたは一番ヘタだったわ。しょうもない焼き菓子の差し入れしてる暇があったら、女を悦《よろこ》ばせる練習しなさいよ」

「……」

このあたりで、クリス様はもう何も言えなくなっていた。

今にも泣きそうな顔で固まっている。

……うわあ。

絶対にこんなことを思うべきではないんだろうけど、私は初めてクリス様に少しだけ同情してしまった。

人を見る目って大事だなあ……

「聖女様、国王様！　あたしを聖女候補に戻してください！　今回みたいなことはもうしません！　だからどうかお願いします！」

一方、リリアナは国王様と聖女様に向かってそんなことを叫んでいる。

「それは叶いません。あなたには祈祷《きとう》を行《おこな》ってもらわねばならないので処刑はしませんが、相応の罰《ばつ》を受けてもらいます。当然聖女候補としての立場も剥奪《はくだつ》します」

聖女候補の立場を失うということは、つまり王妃になる可能性がゼロになるということだ。

それなのに祈祷《きとう》はしなければならないとなると、まったく旨みがない。

聖女様の言葉に、リリアナは顔を真っ赤にした。

「――ッ、何よそれ！　それじゃあなんの見返りもなく祈りを捧《ささ》げろってのの!?　あたしは聖女候補よ！　選ばれた貴重な人間なのよ!?　一回ヘマやったくらいで何よ！」

もう礼儀も何もあったものじゃない。リリアナは完全に自暴自棄《じぼうじき》になっていた。

一回ヘマやったくらいって……そんな次元の話じゃない。リリアナは自分が犯した罪の大きさを理解できていないのだろうか。

「おい、いい加減に……」

甲高《かんだか》い声で喚《わめ》き散らすリリアナを押さえようと、騎士の一人が動きかけたところで――

今まで彫像《ちょうぞう》と化していたクリス様がリリアナに突撃した。

腕を後ろで縛られたまま、頭突《ずつ》きで。

「きゃあっ⁉」

真横に吹き飛ぶリリアナ。

何？　これは何が起きてるの？　どうしてクリス様がリリアナに襲いかかっているの？

「許さない……許さないぞ、リリアナ！　この悪女め！　僕はきみが助かるために処分を受け入れたっていうのに、きみは自分のことばかり……！」

クリス様は怒っていた。泣きながら怒っていた。

整った顔は涙と鼻水でぐしゃぐしゃになり、リリアナに叩き込んだ頭突きの反動で髪も乱れている。

「よくも僕の想いを踏みにじってくれたな、リリアナぁ！」

再度リリアナに突撃するクリス様。

「ば、【障壁《バリア》】！」

「うがぁっ⁉」

クリス様の二度目の突進は、リリアナの張った障壁魔術に阻《はば》まれた。クリス様は首から変な音を立ててひっくり返る。

「こっ、このくそ野郎……！　なんてことすんのよ！」

「うるさい！　僕はお前を絶対に許さないぞ！」

身なりを汚したまま睨《にら》み合うリリアナとクリス様だったけれど、騎士二人に縄を引かれて引き離される。それでも二人はお互い罵倒《ばとう》し合うのをやめようとしない。

そのうちクリス様が泣きすぎて何も言えなくなってしまった。

「うぐっ、うあっ、うあああああっ……！」

「ああもう、気持ち悪い！　泣きたいのはこっちよ！」

リリアナはというと、号泣するクリス様を親の仇《かたき》のように見ながら、肩で息をしている。

「もういい。その二人は別室に連れて行け」

「はっ」

国王様の命令により、クリス様とリリアナは騎士に連れられて広間を出て行った。

「僕たちはいったい何を見せられていたんだろう……」

「まったくですね……」

ハルクさんとぼやき合う。なんというか、もう宿に戻ってぐっすり寝たい気分だ。

そんなことを考えていると、国王様は何事もなかったかのように口を開く。

「先ほども言った通り、クリスは帝国に渡らせる。さらにリリアナへの罰《ばつ》だが——鞭《む》打《ち》ち《う》二千回に加えて今後は地下牢に閉じ込め、一切の自由を奪って毎日祈祷《きとう》を続けさせることとする」

ハルクさんが思わずと言ったように訊《き》き返した。

「鞭打《むちう》ち二千回？　それでは実質死罪ではないですか」

「いいえ、『剣神』様。彼女には回復魔術があります。いくら鞭《むち》で打とうと死にはしません」

にこりと笑って聖女様が応じる。

つまり死にかけるまで鞭《むち》で打ち、そのたびにリリアナ自身の回復魔術で治療させるという意味だろう。……えげつない。

それに耐えても、待っているのは牢獄《ろうごく》と祭壇《さいだん》を往復する日々。

おそらくリリアナは遠くないうちに擦《す》り切れてしまうだろう。

「これで溜飲《りゅういん》を下げてもらいたい、セルビア」

国王様の言葉に思わず目を瞬《またた》かせる。……私？

「そなたを教会から追い出したクリスもリリアナも処分した。リリアナに加担した聖女候補たちにも罰《ばつ》を与える。それを黙認したルドン司教は、教会の地下牢に死ぬまで閉じ込められることになっている」

どうやら、ルドン司教にもすでに罰《ばつ》が与えられているようだ。

地下牢に閉じ込めるというのは、教会の掟《おきて》で定めた罰《ばつ》だ。となるとルドン司教は王城から教会側に引き渡されたらしい。

つまり――クリス様やリリアナを合わせて、教会から私を追放した人たちは残らず重い罰《ばつ》を科せられたということになる。

「この国にはそなたが必要だ。セルビアよ、そなたが欲するものは王の名においてどんなものでも必ず揃《そろ》えてみせよう。だから、どうかこの国を支える未来の聖女になってくれまいか」

そう言って、国王様は深々と頭を下げてきた。

その隣では聖女様も同じ姿勢を取っている。――私に向かって！

国王夫妻が、あくまでいち臣民に過ぎない私に対して低頭するなんて、とんでもないことだ。畏《おそ》れ多いにも程がある。

これは国王様と聖女様による、最大限の誠意の表れなんだろう。

ポートニアで上から目線に私を連行しようとしたクリス様とは違う。

国王様たちは、礼を尽くして私を引き戻そうとしている。

「……私は」

ふと隣に視線を向けると、ハルクさんが気遣うように私を見ていた。

もしかするとハルクさんはこの展開を最初から予想していたのかもしれない。

頼めば口添えしてくれそうだけど……やめておこう。

これは私の問題だし、私がけりをつけないと。

私は国王様に向き直った。

「国王様。私なんかをそこまで評価していただけたこと、光栄に思います」

「謙遜《けんそん》することはない。当然の扱いだ」

「ありがとうございます。まさかここまでの待遇を用意していただけるなんて思いませんでした」

「それも当たり前のことだ。そなたを引き留めるためなら儂《わし》はどんなことでもしよう」

まっすぐ私を見て頷く国王様。

実際、破格の扱いだ。現聖女様でさえ、聖女候補だった頃にお屋敷なんて持っていなかっただろう。

おまけに国王様は実の息子であるクリス様まで公正に裁いてみせた。

国王様は私を納得させるために、手を尽くしたのだ。

「どうやら納得してもらえたようだな」

そう言って国王様は満足そうに笑う。

「それではさっそく屋敷の建築に取りかかるとしよう。いいや、その前にパーティーだ。『迷宮』を滅ぼし、王国の未来を担《にな》う聖女候補が現れたのだから、盛大に祝わねばなるまい。セルビア、夜会用のドレスは持っているか？　ないのなら用意を――」

国王様は安堵《あんど》したように弾《はず》んだ声で話を進めていき――

「……ですが、不思議です。あなたは謝罪の言葉を一度も口にしませんでした」

私がぽつりと口にした一言《ひとこと》に、思い切り頬を引きつらせた。

「そ、そのようなことは……」

「いいえ、本当です。『そなたが必要だ』『溜飲《りゅういん》を下げてくれ』……国王様が口にしたのは、そんな言葉ばかりでした」

「そ、そうだったか？」

国王様は私の言葉に動揺を隠せないようだった。

そう、私は一度も謝罪の言葉なんて聞いていない。

クリス様の口からも、彼の実の両親である玉座のお二人からも。

国王様はこの国でもっとも偉い人だから、簡単に頭を下げられない。

そういう事情は理解できる。

けれど本当にそれだけだろうか。

「屋敷や褒美《ほうび》を与えるのも、クリス様たちを私の前で断罪してみせたのも、私の機嫌を取る意味合いしかありません。ものでで釣って私を都合よく動かそうとしていた、とも言えます」

「……ま、待て。セルビア。違う、違うのだ」

「いいえ、違いません。あなた方は私のことを、国を守るための道具としてしか見ていないいんです」

国王様がやっていたのは単なる国にとっての損得の調整に過ぎない。

神の加護を持った私を使い続けられることに比べたら、多少のお金やクリス様たちを失うことはさほどの痛手ではないという判断だ。

けれど、そこには私の意思はまったく考慮されていない。

国王様たちは私のことを祈祷《きとう》するためのモノとしか思っていないから、そんな提案ができたのだ。

私を感情のある一人の人間だと認識していれば、そんな対応はしないだろう。

「……もし、国王様がきちんと筋《すじ》を通して謝罪して、『二度とこんなことはさせない、国を守るためにどうか力を貸してくれ』と――そんなふうに言ってくだされば、考えてもよかったのに」

私が呟くと、国王様は慌《あわ》てたように口を開く。

「も、もちろんだ。謝罪するとも、そなたがそう言うのであれば……」

「もう遅いです。今更形だけの謝罪なんていりません」

私ははっきり言った。

国王様と聖女様を強く見据《みす》える。

「お二人の気持ちはよくわかりました。私を人間ではなく道具として見なすあなた方の頼みは聞けません。どんな条件を出されても——あなた方に泣いて謝られたって、教会には戻りません！」

言ってしまった。

この国において国王様に対してこんなことを言ったのは、私が初めてなんじゃないだろうか。

国王様や聖女様だけでなく、周囲の騎士たちも唖然《あぜん》としているのがわかる。

でも、仕方ない。

道具のように扱われるとわかっていて、教会にのこのこ戻るわけがない。

「失礼します。……行きましょう、ハルクさん」

「わかった」

もうここにいる意味はないだろう。ハルクさんに声をかけてその場を辞することにする。

——そのとき。

「……どういうつもりですか」

「申し訳ございません。我々は国王様より、セルビア様の了承が得られるまでは広間から出すなと申しつけられております」

広間の出口に、騎士たちが立ちふさがった。

私の了承を得られるまで、広間から出すな……？　国王様が？

私が慌《あわ》てて振り返ると、国王様は神妙な顔でこちらを見ていた。

「セルビア。このままそなたを帰らせるわけにはいかぬ。そなたには、どうあっても教会に戻ってもらう。――たとえ力尽くでも」

「なっ……」

つまり騎士たちに私を捕まえさせて、無理やり教会に拉致《らち》するということだろうか。横暴すぎる！

ハルクさんが静かに国王様に尋ねる。

「……この騎士たちは最初からそのために配置していたと？」

「そうだ、『剣神』殿。我が国が誇る騎士団の精鋭《せいえい》五十人だ。そなたといえども押さえ込めよう」

どうやら国王様は私が断った場合のハルクさんへの対策として、これだけ大勢の騎士を用意していたようだ。

不自然に多くの騎士がいるから気になっていたけど、そんな理由だったなんて。

「セルビア。あまりわがままを言って困らせないでください」

聖女様が苦笑しながら言う。

「わがまま……？　私がですか？」

「そうでしょう？　全能神ラスティアの寵愛《ちょうあい》を受けながら、祈祷《きとう》を嫌がるなんて身勝手にも程があります。私だって、それ以前の聖女たちだって、ずっと祈祷《きとう》を捧《ささ》げてきたのですよ？　だというのに、あなただけが逃げようだなんて図々しいと思いませんか」

聞き分けのない子供を諭《さと》すような声色《こわいろ》。

その言われように愕然《がくぜん》とする。身勝手で図々しいのはどっちなのか。

どうして私がそんなふうに言われなければいけないんだろう。

私と聖女様がそんなやり取りをしている間にも、騎士たちは私とハルクさんを包囲していく。

「セルビア、離れないで」

「……はい」

剣の柄《つか》に手をやったハルクさんに引き寄せられる。

ハルクさんが強いのは十分すぎるほど知っているけど、この人数の騎士と戦ってどうなるのか、もう私には想像もつかない。

「まったく、大人しく差し出された褒美《ほうび》に満足していればいいものを……言うに事欠いて一国の王を相手に謝罪しろとはな。交渉できる立場にいるつもりか、小娘が」

包囲される私たちを見て、国王様はつまらなそうに言った。

「生意気を言うからそうなる。聖女候補など死ぬまで大人しく地下で祈り続けていればいいのだ」

「……」

国王様のその言葉に。

ぷつん、と私のこめかみから妙な音が鳴った気がした。

ああ、そうですか。

結局それがあなたの――あなた方の本音ですか。

それならもういい。あくまで私を道具扱いする相手になんて遠慮する必要はない。

本気でやってしまおう。

「ハルクさん、そこにいてください。私がやります」

「え？　いや、だってセルビアは……」

何か言いかけたハルクさんは、私を見て表情を引きつらせた。

「……セルビア。怒ってる？」

「どうなんでしょう。わかりません。私は今どんな顔をしているんでしょうか」

自分でも驚くほど平坦《へいたん》な声だった。やっぱり私は腹を立てているんだろうか。

自分では判断が難しい。本気で怒ったことなんて今まで数えるほどしかないから。

「くだらんはったりだ。聖女候補に攻撃能力はない。騎士ども、その小娘を捕らえよ！」

国王様の号令で、広間の騎士たちが迫《せま》ってくる。

対して私はぞんざいに手を前に掲《かか》げ、呟いた。

今まで誰にも見せたことのなかった魔術の名前を。

「――【神位回復《ラスティアヒール》】」

そう口にした瞬間、私の手元から白い光が溢《あふ》れ、周囲を満たした。

【聖位回復《セイクリッドヒール》】とは比べ物にならないほど広範囲に私の魔術が広がっていく。

その直後。

「あ……が、ぁ」

私から一番近いところにいた騎士が倒れ——ばたばたばたっと連続して、その場の騎士全員が崩れ落ちた。

騎士たちの大半は顔を真っ青《まさお》にして痙攣《けいれん》しており、ある人は嘔吐《おうと》、ある人は目や耳から血を流して呻《うめ》き声をあげている。

立ち上がる人は一人もいない。

私の魔術を浴びた騎士たちは全員、穴という穴から体液を撒《ま》き散らしその場に転がった。

「……!? な、なんだ今の光は……！　セルビア、貴様いったい何をした！」

国王様が信じられないというように叫んでいる。

叫びこそしないけれど、ハルクさんや聖女様も同じような心境のようで、目を見開いて私を見ている。

「ただの回復魔術ですよ」

「ふ、ふざけるな！　回復魔術で人を傷つけられるわけがないであろう!?」

声を荒らげる国王様に、私は淡々と答えた。

「そうですね。彼らを傷つけたのは回復作用ではなく、私の魔力そのものですから」

私の言葉に反応したのは私を睨《にら》んでいる国王様ではなく、その隣にいる聖女様だった。

「まさか、騎士たちの魔力回路を圧迫したというのですか？　あなた一人の魔力で！」

「はい」

「そんな馬鹿な……！」

私が頷くと、聖女様は今度こそ愕然《がくぜん》としていた。

魔力回路。つまり、人体の内部にある魔力の通り道。

私がやったのは、その魔力回路に過剰《かじょう》な魔力を注《そそ》ぎ込んで、内部にダメージを与えるという裏技のようなものだ。

回復魔術は術者の魔力を受け手の体内に送り、傷を癒《いや》す。

その特性上、他のどんな魔術よりも他人の体内に入り込みやすい。

聖女候補の使う魔術に攻撃系はないけれど、唯一、この方法を使えば他者を痛めつけることができる。

「理論上は可能でしょうが――有り得ません、そんなこと！」

聖女様がヒステリックな金切り声をあげる。

「そこにいたのはこの国でも優秀な騎士たちなのですよ!?　当然魔力回路だって鍛《きた》え抜かれています！　そんな人間を五十人も一度に昏倒《こんとう》させる魔力など、個人が持てるはずがありません！」

「知りませんよ。騎士たちの鍛《きた》え方が足りなかったんじゃないですか」

私がそう言うと、聖女様が美しい顔を歪《ゆが》める。

「……ッ、まともな聖女候補がそんな馬鹿げた力を持てるはずがありません！　あなたはいつ、どうやって、そんな力を手に入れたのですか!?」

いつ、どうやって、と言われても。

「最初からです。このくらい、王都に来る前の私でもできました」

「――」

私の回答に今度こそ聖女様が絶句する。

そう、教会に預けられて以降、私が本当の意味で本気で魔術を使ったことなんてない。

だから私はずっと違和感のようなものを抱《いだ》いていた。

最初にハルクさんの怪我《けが》を治療したときも、ギルドで魔力植物の種を巨木に変えたときも、幽霊屋敷の地下で除霊を行《おこな》ったときも。

なぜ周りがあんなに驚いているのか実感がわかなかった。

私はぜんぜん、本気で魔術を使ってなんかいなかったから。

「きみは……ずっと力を抑えて魔術を使っていたのか？」

ハルクさんの質問に私は少し考える。

「どうでしょう。本気の魔術は使えなかったというのが正しいかもしれません。なんとなくこうなるのがわかっていたから、私は無意識的にブレーキをかけていたように思います。……ああ、それならやっぱり私は怒っているんですね。そうでなければ、人を殺しかねないこんな力、使えなかったでしょうから」

過剰《かじょう》な魔力を流し込まれれば、どんな人間も内側から爆《は》ぜて死ぬ。詳しい仕組みを知ったのはハルクさんから魔力回路について聞いたときだけど、私はそれを本能的に理解していた。

とはいえ【神位回復《ラスティアヒール》】を浴びた騎士の中に死人はいなそうだ。

彼らはあくまで命令されただけなんだし。あとで治療しておくとしよう。

私は玉座に向かって歩き出した。

「ひっ！」

「くそっ、立て！　それでも我が国が誇る騎士か！　誰でもいい、立ってこの化け物を捕らえるのだ！」

私が近づくと聖女様は悲鳴をあげ、国王様は癇癪《かんしゃく》を起こしたように喚《わめ》き散らす。

あんな状態の騎士たちがまともに動けるわけがないのに、国王様は騎士たちに罵声《ばせい》を飛ばし続けていた。

そんな国王様に、私はあくまで冷静に話しかける。

「国王様、お話があります」

「――ッ、な、なんだ。なんの話をするつもりだ」

「もう私に関わらないでください。それだけ約束してくだされば、私はもう何もしません。このまま立ち去ります」

「そなた、儂を脅《おど》すつもりか……!?　小娘の分際《ぶんざい》で！」

さっきまったく同じことを私たちにやってきたというのに、自分がやり返されることは認められないんだろうか。

国王様は引きつった笑みを浮かべて言う。

「優位に立ったなどと勘違いするなよ、小娘。この場を切り抜けても儂《わし》の部下が何度でもそなたをつけ狙うぞ。騎士が駄目なら隠密《おんみつ》だろうと暗殺者だろうと使ってやる。そなたにこれから一生安息はないと思え！」

「……どうあっても私を教会に引き戻すと？」

「そうだ。ああ、儂《わし》を殺そうなどと思わんことだな。そうすればそなたは第一級の賞金首としてさらに多くの追手《おって》にかけられることになる。それが嫌なら儂《わし》に従え！　大人しく教会に戻って祈りを捧《ささ》げるのだ！」

「……」

唾《つば》を飛ばして叫び散らす国王様を黙って見つめる。

ここから逃げれば追手《おって》がかかる。追放された時点での私ならともかく、今の私は『迷宮』攻略や【神位回復《ラスティアヒール》】の使用によって聖女候補としての価値を認知されてしまった。簡単に逃げ切ることはできないだろう。

かといってこのまま投降するのも論外だ。教会に戻れば、今度こそ私は祈祷《きとう》のための道具として死ぬまで使《つか》い潰《つぶ》されることになる。

逃げても駄目。白旗を上げても駄目。

どうすればいい――どうすれば。

「さあ言え、セルビア！　教会に戻してくださいと懇願《こんがん》しろ！」

目の前で喚《わめ》く国王様を、いっそ本当に始末してしまおうかと暗い思考がよぎる。

けれどそんなことをしたところで、国家反逆罪の咎人《とがにん》としてさらに苛烈《かれつ》な追跡が待っているだけだ。

聖女候補を取り巻く世界は歪《ゆが》んでいる。ただ少し特別な力を持って生まれただけで、周囲のすべてが私たちを道具として扱おうとする。

そんな状況を打ち破る方法なんてどこにも――

（……あっ）

そこまで考えて、私はあることに気付いた。

ある。私がこの場を切り抜けて自由になる方法が、たった一つだけ。

あまりにも簡単な方法だった。思わず笑ってしまいそうになる。どうしてこんなことに今まで気付かなかったんだろう。

「ふふ、あははっ」

「な、何を笑っている！　状況を理解していないのか!?」

耐え切れずに噴《ふ》き出した私に、馬鹿にされたとでも思ったのか、国王様が怒声をあげる。

そんな国王様に向かって私はにっこりと笑みを浮かべた。

「国王様。どうせ追手《おって》がかかるなら、少しでも溜飲《りゅういん》が下がるほうがいいと思いませんか？」

「……は？」

国王様がぎょっとしたように目を見開く。私の手にはさっきと同じく魔力が集められていたからだ。

「ま、まさか……儂《わし》を殺すつもりか!?　冗談はよせ！」

「ええ、もちろん冗談です。憂《う》さ晴らしなんかよりもっといいことを思いつきましたから」

手に集めた魔力を消しつつそう言う私に、国王様は困惑したような表情を浮かべる。

「……何？　そなたはなんの話をしている？」

私は短く告げた。


「――魔神を殺します。そうすれば、私が聖女候補に戻る必要なんてないですよね」


結局悪いのは、元をたどれば地下に眠る魔神だ。

魔神なんかがいるから聖女候補や祈祷《きとう》なんてくだらない仕組みが生まれ、今の私のような状況を作り出す。

あれがいなくなればすべて解決するに決まっている。

魔神がいなければ私が教会に戻る必要はない。国王様が追手《おって》を放つ理由もなくなる。

だから私は魔神を殺す。全能神ラスティアの加護を受ける私ならそれができるはずだ。

「そなた……頭がおかしくなったのか？」

「余計なお世話です」

大口《おおぐち》を叩いている自覚はあるけれど、今更国王様に常識人みたいなことを言われたくない。

国王様が吐き捨てるように言う。

「魔神を倒すだと？　そんなことができるわけがないだろうが」

「方法を探します。教会の記録でも伝承でもなんでも漁《あさ》って」

「そんな程度でどうこうできるなら、とっくに魔神は滅ぼされているのがわからんのか、この小娘が！」

「それでも、やります」

意見を曲げない私に、国王様は苛立《いらだ》ったように顔を歪《ゆが》めている。

私たちが言い合いをしていると、ハルクさんが声をかけてきた。

「セルビア。本気なのかい、それは」

「はい。私が自由になるにはそうするしかありません」

私が言い切ると、ハルクさんは確認するように尋ねてくる。

「先に言っておくよ。他国の皇帝や王族といった有力者の友人は、僕には数多くいる。彼らを頼れば陛下が何をしたとしてもセルビアを守り切れるだろう」

「……さすがハルクさんですね」

他国の皇帝や王族の友人って……交友関係が広いっていう次元じゃない。さすが世界唯一の単独Sランク冒険者である。

「だから陛下の脅《おど》しに屈《くっ》してセルビアが魔神討伐《とうばつ》をしようとしてるなら、そんなことはしなくていいんだ」

確かにハルクさんの『友人』を頼れば、私の安全は確保されるのかもしれない。

厳重な警備をつけてもらえるのなら、いくら国王様が追手《おって》をかけても私を攫《さら》うことなんてできないだろう。

　私は少し考えて、口を開く。

「ありがとうございます。でも、いいです」

「……なぜだい？」

「誰かに四六時中守られて、行動を制限されて……そんなのは本当の自由とは呼べませんから」

　ハルクさんの気持ちはとても嬉しい。

　けれどいつ刺客《しかく》が襲ってくるかわからない状況では、私は一人で出歩くことさえできないだろう。安全であっても、窮屈《きゅうくつ》な暮らしは私の望むものじゃない。鳥かごの中のような生活は、教会でもうこりごりだ。

「……そうか。なら、僕がどうこう言えることじゃないね」

　私の言葉にハルクさんは苦笑し、それ以上は何も聞いてこなかった。

「さっきから勝手なことばかり言いおって、この小娘……！」

　よっぽど私に言われたことが屈辱的《くつじょくてき》だったようで、国王様は顔を真っ赤にしてこちらを睨《にら》みつけている。

「大口《おおぐち》を叩くのもいい加減にしろ！　だいたい魔神を倒すなどできるわけがない！　全能神ラステイアの寵愛《ちょうあい》を受けていたところで、貴様のような小娘一人に何ができる⁉」

　その言葉に反応したのは私ではなく――

「いえ、一人ではありませんよ。陛下」

……ハルクさん？

国王様は、鋭《するど》い視線を私からハルクさんに移した。

「どういう意味だ、『剣神』殿」

「僕もセルビアに全面的に協力すると言っているのです。僕はいろいろと顔が利《き》きますし、いざ魔神と戦うことになればセルビアを守るくらいのことはできます」

「……そなたの評判については儂《わし》も知っているが……」

ハルクさんの参戦表明には、国王様だけではなく私も困惑していた。

「あの、ハルクさん。魔神討伐《とうばつ》は私が勝手に言い出したことなので、無理に付き合わなくても……」

「無理なんてしてないよ。それに、僕はそれなりに役に立つと思うけどな」

「そ、それはそうですけど」

正直ハルクさんが協力してくれるならすごく嬉しい。私と違って世慣れているし、強いし、人脈もあるだろうし。

……でも、こう、申し訳ない気持ちが。

「だとしても、それがなんだと言うのだ！　セルビアが教会に戻ってくればそれですべて解決するのだぞ!?」

顔を真っ赤にして声を荒らげる国王様。

私は教会には戻らないと何度言ったら、この人に理解してもらえるんだろう。

「陛下、よく考えてください。魔神がいつ封印を破るかもわからない以上、封印し続けるという対症療法だけでなく、根源治療の方法も模索《もさく》しておくべきです。今回の件で魔神の脅威《きょうい》は再確認できたのではないですか？」

「それは……」

魔神の恐ろしさについては今の王都を見れば一目瞭然《いちもくりょうぜん》だ。

クリス様のちょっとしたわがままで封印は緩み、これだけの被害をもたらした。

魔神の封印は絶対ではない。そのことは国王様も嫌というほど理解しているだろう。

国王様は俯《うつむ》き、しばし考え込む。

「一理あるか……。確かに、封印以外の対策も考慮することは必要かもしれん」

「では」

「いいだろう。だが、期限を設けてもらうぞ」

「……期限？」

ハルクさんが訊《き》き返すと、国王様は当然とばかりに頷いた。

「当たり前だ。セルビアは貴重な能力を持っているのだぞ？　そんな成果が上がるか怪しい行為など、いつまでもやらせてはおけん。そうだな、一か月でよかろう。それだけ調べてどうにもならなければ、大人しく教会に戻るのだ」

「……」

この人は、本当に……

どうやら国王様の中で私の提案は、教会に戻りたくない私の悪あがきだと認識されているようだ。

その証拠《しょうこ》に、どこか不満そうな顔で『譲歩してやった』感を醸《かも》し出している。

「あのですね、国王様」

「――まだご自分の立場がわかっていらっしゃらないようですね、陛下」

私の言葉を遮《さえぎ》ったのは、笑みを浮かべたハルクさんだった。

表情は笑顔だけど、声と目が異様に冷たい。

……ああ、怒っているときのハルクさんだ。

「なに？　そなた口の利《き》き方に――モガッ⁉」

ハルクさんは何か言いかけた国王様の口を片手で掴んで一瞬で黙らせつつ、目を細めて言った。

「期限を決めるのは結構です。しかし、それを過ぎて魔神を倒せなかった場合の僕たちの対応は『この国との一切の縁《えん》を断つ』ですよ。当然ですよね。今のセルビアには教会に戻る義理なんてないんですから。国を守るのは国王であるあなたの義務であってセルビアのものじゃない」

「……ッ！」

みしみし、とハルクさんに掴まれた国王様の顎骨《がくこつ》のあたりから変な音が鳴る。

国王様は必死にもがいて逃《のが》れようとするけど、ハルクさんの拘束《こうそく》はびくともしない。

それを見た聖女様が、血相を変えて立ち上がる。

「な、何をしているのですか⁉　王族相手に……手を離しなさい！」

「聖女様。今僕は国王様と話し合いをしているんです。それともあなたが代わりを務めてくださるんですか？」

「っ」

止めに入ろうとした聖女様は一瞬で黙らされた。

蛇《へび》に睨《にら》まれたカエルのようだった。

聖女様が萎縮《いしゅく》してしまうほど、今のハルクさんの威圧感は尋常じゃない。

緊迫する空気の中、ハルクさんが再び口を開く。

「まあ、簡単に手を引いてもらえるとは思いません。陛下は暗殺部隊にでも命じて、セルビアを攫《さら》おうとするかもしれませんね」

「は、離せっ……！　儂《わし》を誰だと」

「僕がいれば万に一つも成功しないでしょうが、それでも付きまとわれるのは迷惑です。先にお伝えしておきますね。僕が陛下からの刺客《しかく》を捕らえた場合は――」

ハルクさんは国王様の口元を手でふさいだまま、その耳元に口を寄せた。

「――――――――――」

小声だったので、ハルクさんが何を囁《ささや》いたのかはわからない。

「は、はぁっ……!?」

けれどハルクさんが離れると同時に、びしゃびしゃびしゃびしゃっ、という嫌な音とともに国王様が勢いよく漏らした。

さすがにびっくりした。

国王様、もう五十歳も過ぎているだろうに、公衆の面前でこれは酷《ひど》い。

「何を言ったんですか、ハルクさん……」

「内緒。ちょっと脅《おど》しておこうと思って。これで陛下も簡単には手を出してこないはずだよ」

そうでしょうね。

国王様は恐怖のあまり虚《うつ》ろな表情で膝《ひざ》を震わせている。

いったいどんな脅《おど》し文句を聞いたらあんなことになるんだろう。

ハルクさんは「さて」と私を見てくる。

「陛下に手を出される確率は下がったはずだけど、どうするセルビア。それでもまだ魔神を倒そうなんて思う？」

ハルクさんのお陰で国王様はすっかり縮み上がっている。

これなら確かに無理やり連れ戻されることもそうそうないだろうけど――

「……はい。そうしてから大手を振って自由になります」

私の結論は変わらない。

私は私自身のために、今まで私を縛りつけてきた元凶を討伐《とうばつ》する。

「わかった。じゃあ、一緒に頑張ってみようか。……あ、そうだ」

ハルクさんはそれから思い出したように玉座に視線を向けた。

「国王陛下。それに聖女様。これから僕たちは魔神を討伐《とうばつ》するために動きます。その際に必要なものはすべて国王様が負担してください。国の平和に寄与する行動なのですから、それで構いませんよね？」

ハルクさんの言葉に、すっかり怯《おび》えた様子の国王様は「わ、わかりました……」と首肯《しゅこう》した。

今までの高圧的な態度が嘘のようだ。

「よし、これでもう用は済んだかな」

「あ、待ってください。騎士の方たちが……」

すぐにでも立ち去りそうなハルクさんを、私は引き留める。

さっき【神位回復《ラスティアヒール》】をかけてしまった騎士たちは、まだ昏倒《こんとう》したままだ。さすがにあのまま放置するのはちょっと。

……と、思っていたら。

「……怪我《けが》、治ってるね」

「本当ですね……回復の効果もきちんと出ているということでしょうか」

ハルクさんの指摘に私は頷いた。

大量の魔力を流し込まれてダメージを負ったはずの騎士たちだけど、今は気絶しているだけで命に別状はなさそうだ。

おそらく、負ったダメージに反応して、魔力回路内の【神位回復《ラスティアヒール》】がそれを癒《いや》したんだろう。

……と、思う。この魔術は使い慣れていないから、確証は持てないけど。

ともかく騎士たちの体調に関しては大丈夫そうだ。

「騎士たちが問題ないならもういいかな？」

「そうですね」

そんなことを話しつつ、私とハルクさんは死屍累々《ししるいるい》となった広間の出口に向かうのだった。


王城でのいざこざを終えた私たちは街を歩き、部屋を借りている宿屋に向かった。

現在、王都の宿のいくつかは無償《むしょう》で貸し出しを行《おこな》っている。

『迷宮』の魔物によってさんざん王都が荒らされた今、外部の客など期待できない。

それならせめて復興作業に携《たずさ》わる人間の役に立ったほうがいいということで、有志の宿屋が部屋を開放してくれているのだ。

そんな宿屋の一つの一室で、私とハルクさんは同時に溜め息を吐《つ》いた。

「疲れました……」

「まったくだね……」

ベッドに腰かけたまま、二人でそんなことを呟く。

まだ他の人々は復興作業を続けているだろうが、とてもじゃないけど戻るような気力はない。

長い謁見《えっけん》だった。

正直二度とあの広間には行きたくないくらいだ。

すると、ハルクさんがぽんとグラスを渡してくる。

「とりあえず飲もうセルビア。飲まなきゃやってられないよ」

「そうですね。飲みましょうハルクさん」

宿屋と同じく酒場もこんな状況では営業できないということで、復興作業の景気づけになればと酒類が部屋に配られているのだ。

いただいたワインのボトルを開け、お互いのグラスに注《つ》いでいく。

「それじゃ乾杯《かんぱい》」

「乾杯《かんぱい》です」

ベッドに腰かけたままグラスを掲《かか》げ、そのままぐいーっと飲み干した。

強い葡萄《ぶどう》の香りが喉《のど》に抜けていき、体温がわずかに上がる。そうして、ようやく少し体の力が抜けた気がした。

「ハルクさん、さっきはありがとうございました。いろいろとフォローしてくれて」

「あはは、あのくらい大したことじゃないよ」

「国王様に喧嘩《けんか》を売るのは私の中では大きなことなんですが……」

ハルクさんの感覚は一般人とは少し異なっている気がしてならない。

微笑みながら、ハルクさんは再度口を開く。

「まあ、確かに難しい問題かもしれないね。魔神討伐《とうばつ》となると調べることも多そうだ」

「魔神のことなら教会に資料があります。閲覧《えつらん》すれば何かわかるかもしれません」

「教会か……それなら明日にでも行ってみる？」

「はい。それがいいと思います」

魔神に関する情報なら、一番詳しいのは間違いなく教会だ。

るはず。


魔神が封印されてから何百年も記録を取り続けているんだから、きっと何か有益な情報が得られるはず。

そんなことを考えつつ、私はふと尋ねた。

「……今更ですけど、本当に協力してくれるんですか？　魔神討伐《とうばつ》なんて、できるかどうかもわからないですよ？」

魔神討伐の難度は、当然ながら凄《すさ》まじく高い。何百年も前に封印されながら現在までそれを消滅させられていない時点で、討伐《とうばつ》する方法が見つかっていないと言っているようなものだ。八方手を尽くしても徒労に終わるかもしれない。

「うーん……」

私が聞くと、ハルクさんは少し考えてから言った。

「……『迷宮』で黒騎士と戦ったときに、セルビアが僕のことを助けてくれたよね」

「え？　ええと、そうですね」

確かに『迷宮』の主《ぬし》である黒騎士との戦いで、ハルクさんに浄化魔術をかけた剣を渡しはしたけど……急になんの話だろう？

困惑する私に対し、ハルクさんは言葉を続ける。

「ああいうの、ちょっと新鮮だったんだ。なんというか、『金色の獅子』と組んだときなんかは連携も何もなかったし、僕はいつもフォローに回ることばかりだったから」

「あー……」

ハルクさんは強い。強すぎる。

だから今までも誰かとチームを組んだ場合、いつもハルクさんは助ける側だったということか。

仕方のないことではあるけれど、それでは対等な仲間とは言えない。

「それに、彼らが僕に『出口まで連れて行け』って言ったとき、セルビアは煮え切らない僕の代わりに怒ってくれた」

「あ、あれはロレンスたちの言い分がおかしかったからで……」

「そう、そのおかしさをズバッと指摘してくれたのがよかった。僕にはできないんだよ、ああいうの。……いつも、どっちつかずの結論しか出せないからね」

自嘲《じちょう》気味にハルクさんはそんなことを言う。

完璧《かんぺき》に見えるハルクさんに欠点があるとすれば、その甘さだ。

自分を切り捨てたロレンスたちさえ助けたいと思ってしまう。そのせいできっと選択を誤ったこともあるんだろう。

「セルビアは僕にないものを持ってる。だから、セルビアとならちゃんとしたパーティになれると思った。お互いを補《おぎな》い合うような、本当の仲間に」

「……」

「パーティメンバーなら助け合うのが普通だ。それがたとえ魔神退治でも。……だから気にしなくていいよ」

まるで当然のことのように、笑ってハルクさんはそう告げた。

「そう、ですか」

「うん。そうだよ」

私は呆《ほう》けたように短く言葉を返すことしかできない。

ハルクさんはそんな私を見て苦笑していた。

——きっと。

ハルクさんはその言葉が、私にとってどれだけ嬉しかったかなんてわからないだろう。

教会にいた頃の私は、祈りを捧《ささ》げる道具でしかなかった。

毎日ひたすら祈祷《きとう》を強《し》いられ、自由に街を歩くことさえ許されない。

誰かに感謝されることもない。壊れるまで酷使《こくし》され、擦《す》り切れたら捨てられる。そんな存在。

けれどハルクさんは私を対等な仲間として認めてくれた。

『聖女候補』という道具ではなく、セルビアという一人の人間として。

そのことが、私にはどうしようもなく嬉しかった。

「……ありがとうございます、ハルクさん」

「納得してもらえたならよかった。そういうことだから、これからもよろしく」

ハルクさんがグラスを掲《かか》げる。

一瞬なんの仕草かわからなかったけど、すぐに正解に思い当たった。

私は小さく笑って片手を持ち上げる。

「はい。これからも、よろしくお願いします」

初めて会った日を思い出すように。

私たちは、かつん、とグラスを打ち鳴らすのだった。

## エピローグ

魔物によって荒らされた王都も、数日の復興作業によって徐々に元の様子を取り戻しつつある。

それは冒険者や騎士が一致団結《いっちだんけつ》したり、人間離れした怪力の『剣神』があっという間に瓦礫《がれき》を運び出したり、馬鹿魔力の元『聖女候補』が魔力式の重機をガンガン動かした結果だったりするわけだが——ともあれ、王都が活気づくのにそこまで時間はかからないだろう。

そんな王都を見下ろしながら。

その人物は部下からの報告に耳を傾けていた。

「なるほど。『魔神を倒す』……セルビアは確かにそう言ったのですか」

「はい。王城で国王陛下に直接告げたそうです」

「そうですか。ふふ、やはり彼女は他の聖女候補とは違うようだ」

場所は教会の一室。

祭壇《さいだん》の破壊を恐れ、修道士や騎士たちに徹底的に防衛された教会は、王都の中でも数少ない無事な建造物だ。

本来ならその主《あるじ》であるルドン司教がいるはずの場所に、今は別の人物が佇《たたず》んでいる。

「騎士の話によれば、Sランク冒険者の『剣神』も協力を宣言しているようです」

「ほう」

部下の報告に、その人物は薄く笑みを浮かべる。

「優《すぐ》れた力を持つ『聖女』に、世界最強の『剣士』……伝承をなぞるような状況ですね。やはり何かが変わりつつある。彼らなら、本当に魔神を倒すことができるかもしれない」

窓から視線を外し、部下に指示を送る。

「彼らに接触を図《はか》ってください。彼らが本気なのであれば、私も全面的に協力しなくては」

「いいのですか？」

「ええ。たとえ失脚《しっきゃく》することになったとしても、これは私の責務ですから」

そう言って、ラスティア教皇——世界有数の大宗教を束《たば》ねる老人は、静かに微笑むのだった。

月が導く異世界道中
Tsukiga Michibiku Isekai Dochu
あずみ圭
1~16
8.5
TVアニメ化!
2021年7月7日放送開始!
TOKYO MX・MBS・BS日テレほか
CV 深澄 真:花江夏樹
巴:佐倉綾音 澪:鬼頭明里
監督:石平信司 アニメーション制作:C2C
レシート応募プレゼント
キャンペーン実施中!!
2021年6月4日~2021年9月30日まで
詳しくはこちら ››››››
●各定価:1320円(10%税込)
●illustration:マツモトミツアキ
1~16巻好評発売中!!
漫画:木野コトラ
●各定価:748円(10%税込)●B6判
コミックス1~9巻好評発売中!!

覚醒から始まる、一発逆転＆成り上がりファンタジー!

冒険者のタイラーは、誰でも発現するはずの魔法属性がないことを理由に、ダンジョンの最奥に置き去りにされてしまう。しかし、幼馴染・アリアナの窮地を前にして、全属性の魔法を使えるという秘められた力が覚醒!　アリアナとともにダンジョンを脱出したタイラーは、妹の病を治す薬草が超上級ダンジョンにあるという情報を得る。すぐにアリアナとともにパーティを結成しなおすと、冒険者として新たな目標に向かって再出発するのだった――

●定価：1320円（10％税込）　●ISBN 978-4-434-29265-1　●Illustration：たば

Moto jashin tte honto desuka!?
元邪神って本当ですか!?
万能ギルド職員の業務日誌
1・2
元神様な少年の
自重知らずな辺境暮らし!
shinan
紫南
辺境の冒険者ギルドで職員として働く少年、コウヤ。彼の前世は病弱な日本人。そして前々世は——かつて人々に倒された邪神だった！邪神の過去があっても、コウヤ本人は天然で心優しい。今世ではまだ神に戻れていないものの、力は健在で、発想も常識破りで超合理的。冒険者からの支持も厚い。その結果、劣悪と名高い辺境ギルドを二年で立て直し、トップギルドに押し上げてしまった！ 唯一の悩みは上司が横暴なことだったのだが、なんと伝説の冒険者が、新たなギルドマスターになり、コウヤの改革はさらに躍進する……!? ペーパーナイフ1本で凶暴キメラを倒したり、知らぬ間に加護を与えちゃったり……自重知らずの少年は、今日も元気にお仕事中!
●各定価：1320円（10％税込） ●Illustration：riritto

「もふもふ」が溢れる異世界で
幸せ加護持ち生活！
[著]ありぽん
ARIPON
和やかもふもふファンタジー！
加護持ち1歳児は
最強魔獣たちと自由気ままに成長中！
神様の手違いが元で、不幸にも病気により息を引き取った日本の小学生・如月啓太。別の女神からお詫びとして加護をもらった彼は、異世界の侯爵家次男に転生。ジョーディという名で新しい人生を歩み始める。家族に愛され元気に育ったジョーディの一番の友達は、父の相棒でもあるブラックパンサーのローリー。言葉は通じないながらも、何かと気に掛けてくれるローリーと共に、楽しく穏やかな日々を送っていた。そんなある日、1歳になったジョーディを祝うために、家族全員で祖父母の家に遊びに行くことになる。しかし、その旅先には大事件と……さらなる“もふもふ”との出会いが待っていた!?
◉定価：1320円（10%税込）　ISBN 978-4-434-28999-6　◉illustration：conoco
「もふもふ」が溢れる異世界で幸せ加護持ち生活！
ありぽん
神様のお詫びで異世界の侯爵家に転生！
加護持ち1歳児は
最強魔獣たちと自由気ままに成長中！
和やかもふもふファンタジー！

この作品に対する皆様のご意見・ご感想をお待ちしております。

おハガキ・お手紙は以下の宛先にお送りください。

【宛先】

〒150-6008 東京都渋谷区恵比寿4-20-3 恵比寿ガーデンプレイスタワー 8F
（株）アルファポリス　書籍感想係

メールフォームでのご意見・ご感想は右のＱＲコードから、
あるいは以下のワードで検索をかけてください。

アルファポリス　書籍の感想　検索

ご感想はこちらから

本書は、Webサイト「アルファポリス」（https://www.alphapolis.co.jp/）に掲載されていたものを、改稿、加筆のうえ、書籍化したものです。


泣《な》いて謝《あやま》られても教会《きょうかい》には戻《もど》りません！

～追放《ついほう》された元聖女候補《もとせいじょこうほ》ですが、同《おな》じく追放《ついほう》された『剣神《けんしん》』さまと意気投合《いきとうごう》したので第二《だいに》の人生《じんせい》を始《はじ》めてます～

ヒツキノドカ

2021年8月31日初版発行

編集－中山楓子・篠木歩
編集長－倉持真理
発行者－梶本雄介
発行所－株式会社アルファポリス
〒150-6008 東京都渋谷区恵比寿4-20-3 恵比寿ガーデンプレイスタワー8F
TEL 03-6277-1601（営業） 03-6277-1602（編集）
URL https://www.alphapolis.co.jp/
発売元－株式会社星雲社（共同出版社・流通責任出版社）
〒112-0005 東京都文京区水道1-3-30
TEL 03-3868-3275
装丁・本文イラスト－吉田ばな
装丁デザイン－AFTERGLOW
印刷－中央精版印刷株式会社

価格はカバーに表示されてあります。

落丁乱丁の場合はアルファポリスまでご連絡ください。

送料は小社負担でお取り替えします。


ISBN978-4-434-29121-0 C0093